Verena Krawarik, Sabine Loitfellner,

Susanne Marcini, Elke Peyerl, Eva Zeindl

Zwischen den HeimatEn

Mit einem Geleitwort von
Univ. Prof. Dr. Michael Mitterauer

Ein Projekt des Vereines KuBiKo,
Verein für Kultur, Bildung und Kommunikation

Mit freundlicher Unterstützung von:

Zukunft • Bildung • Kultur

BMUK

STADTPLANUNG WIEN

BUNDESMINISTERIUM
FÜR UMWELT
JUGEND UND FAMILIE

WIR ALLE SIND WIEN

WIENER
INTEGRATIONSFONDS

.KUNST
bundeskanzleramt

bm:wv in Wien

und der Fachschaft der GeWi der Universität Wien.

INHALTSVERZEICHNIS

DANKSAGUNG

Wie dem Titelblatt dieses Buches zu entnehmen ist, wurde dieses Projekt von zahlreichen öffentlichen Stellen gefördert. Hinter Logos stecken Menschen, die man nur zu oft vergißt. Damit das in dieser Publikation nicht der Fall ist, seien sie hier nochmals erwähnt:

Wir möchten uns an dieser Stelle noch einmal bei Frau Amtsrätin Eva Singh-Mang (BMUK), Frau Ministerialrätin Dr. Gabriele Kreidl-Kala (BKA, Kunstsektion), Herrn Bundesrat Mag. Karl Wilfing (BM für Umwelt, Jugend und Familie), Herrn Dr. Christian Ehalt (MA 18) und seiner rechten Hand, Frau Mag. Angelika Huber, Herrn Ministerialrat Alois Söhn (BM für Wissenschaft und Verkehr), bei der Fachschaft der Geisteswissenschaft (Universität Wien) und bei Herrn Johannes Seitner vom Wiener Integrationsfonds für die Unterstützung dieses Projektes bedanken. Ohne sie hätte es keinen Aktionstag und schon gar keine Publikation aus diesem Projekt gegeben.

Aber auch nachstehende Personen waren maßgeblich am Erfolg dieses Projektes beteiligt. Ein herzliches Dankeschön daher auch an

- Universitätsprofessor Dr. Michael Mitterauer für sein Geleitwort und die fachliche Unterstützung des Projektes;
- Diplomphysiker Heinz Blaumeiser, Dr. Ela Hornung, Mag. Elisabeth Wappelshammer, Dr. Gottfried Fliedl, Mag. Eva Blimlinger und Mag. Margit Sturm für ihre Betreuung im Rahmen des

Projektlehrganges „Bildung und Kultur“ an der Universität Wien, in welchem der Gedanke zum Projekt „Zwischen den HeimatEn“ geboren wurde;

- die Kunstpädagogin Elisabeth Fritsche, die die Kunst-Werkstatt anläßlich des Aktionstages „Zwischen den HeimatEn“ hervorragend betreute. Das Endprodukt der Kunstwerkstatt - eine multikulturelle Collage - bildet den Einband dieses Buches;
- den Grafiker Richard Zuser für den Entwurf des Folders „Zwischen den HeimatEn“;
- die Redaktion der Fernsehsendung „Heimat, fremde Heimat“ für die Ankündigung unseres Aktionstages;
- alle Menschen, die unseren Folder verteilt und das Projekt mündlich beworben haben;
- Christoph Zeindl, für die Möglichkeit, das Buffet des Aktionstages günstig auszurichten und für die Geduld während der stundenlangen Arbeit seiner Frau am PC;
- den Verein Z&SAM und seinen großen und kleinen Freunden;
- die Teilnehmer des Aktionstages, die wir bemüht waren, zu einem großen Teil in dieser Publikation zu Wort kommen zu lassen;
- alle Einsender schriftlicher Beiträge;
- alle anderen, die an die Verwirklichung dieses Projektes geglaubt und daran tatkräftig mitgearbeitet haben und
- last but not least an Michael Peyerl für edv-technische Unterstützung und Sicherung der Daten der vorliegenden Publikation.

VORWORT
oder
Warum „Zwischen den HeimatEn"?

Im Mai oder Juni 1998 war es – genau kann ich es heute nicht mehr sagen – als wir, Sabine Loitfellner, Verena Krawarik, Susanne Marcini, Eva Zeindl und ich die Idee zum Projekt „Zwischen den HeimatEn", die längst in uns schlummerte und nur noch darauf wartete, endlich geboren zu werden, in Worte faßten.

Wir begannen, ein Konzept für dieses Projekt auszuarbeiten, weil wir der Meinung waren, daß endlich einmal jene zu Wort kommen sollten, die man, wenn es um Flüchtlingskatastrophen, Emigration, neue Lebensräume schaffen etc. geht, nur selten zu Wort kommen läßt, nämlich die unmittelbar Betroffenen. Wir wollten wissen, wie sich jemand fühlt, der in einem Land geboren ist, das er verläßt oder verlassen muß, um in ein anderes, ihm meist völlig fremdes Land zu ziehen. Ist es für ihn überhaupt möglich, sich dort einen neuen Lebensraum zu schaffen? Wenn ja, mit welchen Problemen hat er dann zu kämpfen, welche Sorgen, Ängste aber auch Hoffnungen und Erwartungen bringt er in seine neue Heimat mit und: Wird dieses „neue Land" überhaupt zur „neuen Heimat"? Gibt es sie überhaupt, die Pluralität der Heimat? Kann ein einzelner Mensch mehrere Heimaten haben?

Wir wollten Antworten auf diese Fragen erhalten und uns auch unsere Gedanken über Heimat machen, unsere Zugangsweise zur und unser Leben mit Heimaten beschreiben, wobei jede der fünf Projektantinnen aufgrund ihrer eigenen Erfahrungen mit Heimaten, ihrer Ausbildung und Herkunft eine individuelle Herangehensweise an das Thema gewählt hat. Wir haben die Individualität der Anschauungen absichtlich nicht auf einen Nenner zusammengekürzt oder wegredigiert, was an anderer Stelle schon gesagt wurde, weil wir nicht nur die gedankliche Vielfalt, die das Thema Heimat bietet, erhalten wollten, sondern gerade in dieser Vielfalt die Möglichkeit des Weiterdenkens sehen.

Die vorliegende Arbeit ist im wesentlichen in vier theoretische Teile untergliedert. Der erste Beitrag beschäftigt sich mit der historischen Entwicklung des Heimatbegriffes in Österreich. Von diesem Beitrag ausgehend versucht der zweite Teil der Publikation Begriff und Inhalt des Wortes Heimat zu beleuchten. Im dritten Kapitel wird die räumliche Komponente des Heimatbegriffes aufgearbeitet, der vierte Beitrag beschäftigt sich mit MigrantInnen, insbesondere jenen der zweiten und dritten Generation. Im fünften Kapitel dieser Publikation wurde ein Teil der eingegangenen Beiträge zusammengefaßt, Gesprächsrunden transkribiert und abgedruckt. Dieser Teil ist es, der die zitatweisen Einschübe der vorangehenden theoretischen Teile aufgreift und sie in ihrer Gesamtheit wiedergibt. Er zeigt, daß es uns trotz der relativ kurzen Projektzeit, die uns zur Verfügung stand, gelungen ist, mit zahlreichen Gruppen und Organisationen Kontakt aufzunehmen, über unser Thema zu sprechen, Erzählkreise zu beginnen und auch einige schriftliche Beiträge zu bekommen, die teilweise in die Publikation eingeflossen sind.

Somit stellt diese Publikation einerseits eine Zusammenfassung unserer bisherigen Bemühungen und Ergebnisse der Arbeit am Projekt „Zwischen den HeimatEn“ dar, andererseits gibt sie auch einen Ausblick auf das, was kommen wird, was in nur wenigen Wochen echter Projektzeit noch nicht möglich war, zu realisieren.

Bis zum heutigen Tag ist es uns jedenfalls gelungen, einen ersten Schritt zu tun, einen ersten Schritt zur Bewußtseinserweiterung der Menschen, daß es in ihrer Heimat Menschen mit vielen Heimaten gibt.

Wien, Oktober 1999 Elke Peyerl

Zu diesem Buch

„Wir wollten wissen, wie sich jemand fühlt, der in einem Land geboren ist, das er verläßt oder verlassen muß, um in ein anderes, ihm meist völlig fremdes Land zu ziehen.“ Diese Frage stand am Beginn des Projektes „Zwischen den HeimatEn“, dessen Ergebnisse nun vorliegen. Viel zu wenige sind es, die sich in unserem Land diese Frage stellen. Nur zu gut wissen das all diejenigen, denen die Verbesserung der Lebensverhältnisse von Zuwanderern ein Anliegen ist. Zustände beklagen, ist eines - Zustände verändern, ein anderes. Die Publikation „Zwischen den HeimatEn“ kann zu einer solchen Veränderung beitragen. Dieser Wunsch soll ihr mit ganz besonderem Nachdruck auf den Weg gegeben werden: Daß sich nach der Lektüre ein größerer Kreis von Personen die Frage stellt, mit der die Autorinnen ihr Projekt begonnen haben.

„Wir wollten wissen, wie sich jemand fühlt, der in einem Land geboren ist, das er verläßt oder verlassen muß, um in ein anderes, ihm meist völlig fremdes Land zu ziehen.“ Wissen über Gefühle - das ist ein entscheidender Faktor der Verständigung. Österreicherinnen und Österreicher müssen mehr wissen, was Asylantinnen und Asylanten, Arbeitsmigrantinnen und Arbeitsmigranten fühlen. Und auch umgekehrt gilt dieser Satz. Mitfühlen ist wichtig. Aber auf der emotionalen Ebene allein lassen sich Probleme nicht lösen. Auch Wissen ist notwendig. Und so kommt der Wissenschaft in der Bewältigung aktueller Schwierigkeiten eine wichtige Rolle zu. Vor allem einer Wissenschaft, die auch Gefühle zum Thema macht. Wissenschaftliche Beschäftigung mit Problemen von Zuwanderern wird -

ehrlich betrieben - auf Unterschiede aufmerksam machen müssen. Manche - vielfach gerade besonders Engagierte - haben damit Schwierigkeiten. Sie haben Sorge, daß die wissenschaftliche Beschäftigung mit Unterschieden der Ausgrenzung und Abwertung des Fremden Vorschub leiste. Man kann dem entgegenhalten: Gerade das Wissen um Unterschiede hilft, Barrieren abzubauen und Mißverständnisse zu vermeiden. Und das gilt wohl insbesondere dort, wo es um Wissen um unterschiedliche Gefühle geht. Ein elementares Gefühl, bezüglich dessen unterschiedliche Voraussetzungen evident sind, spricht diese Publikation an: das Gefühl des „Zuhause-Seins“.

„Wir wollten wissen, wie sich jemand fühlt, der in einem Land geboren ist, das er verläßt oder verlassen muß, um in ein anderes, ihm meist völlig fremdes Land zu ziehen.“ Ein Weg, zu diesem Wissen um Gefühle zu kommen, war im Projekt „Zwischen den HeimatEn“ ein Gesprächskreis zwischen österreichischen Studentinnen und jugendlichen Migranten der zweiten Generation. Gesprächkreise mit Migrantinnen und Migranten sind ein besonders geeignetes Mittel, um zu „Wissen über Gefühle“ und damit zu Informationen zu gelangen, die weitergegeben werden können und so zum besseren Verstehen beitragen. Gesprächskreise helfen aber nicht nur in dieser vermittelten Weise. Sie tragen auch unmittelbar zwischen den Gesprächspartner zur Verständigung bei. Als eine Form der Aktionsforschung wirken sie auf das erforschte Feld in direkter Weise ein. So läßt sich die Wirkung der Methode theoretisch formulieren. Man kann es auch weniger wissenschaftlich ausdrücken: Gesprächskreise schaffen Gemeinsamkeit. Lernen unter Freunden geht tiefer, macht betroffen, motiviert zum Handeln. In diesem Sinne soll diesem Buch der Wunsch mitgegeben werden, daß sich viele Leser von den Möglichkeiten und Chancen des interkulturellen Gespräches überzeugen lassen, daß der Ansatz dieses Instruments der Verständigung weitergegeben und weiterentwickelt wird, daß insgesamt neue Formen des Dialoges gesucht und gefunden werden. Von besonderer Bedeutung ist dabei der Dialog mit der zweiten und dritten Generation, den sich das Projekt „Zwischen den HeimatEn" zum Ziel gemacht hat. Vielleicht gelingt es, diesen Jugendlichen eine Lebenswelt zu schaffen, die es ihnen ermöglicht, sich mit Österreich als ihrer Heimat in anderer Weise zu identifizieren, als es ihre Eltern und Großeltern in ihrer Lebenswelt vermochten.

Wien, Oktober 1999 — Michael Mitterauer

Sabine Loitfellner und Eva Zeindl: DIE HISTORISCHE ENTWICKLUNG DES HEIMATBEGRIFFES IN ÖSTERREICH

I. Einleitung: Die Bedeutung von Heimat in unserer Gesellschaft

In unserer Gesellschaft ist ein territoriales Gliederungssystem eine weitgehend unhinterfragte Selbstverständlichkeit. Der Begriff Heimat wird raumbezogen verwendet: Unterschiedlich große territoriale Einheiten machen Heimat aus, wobei die als Heimat begriffenen Räume auswechselbar sind, zumal vermittelte topographische oder klimatische Faktoren Heimat definieren. In allen Schichten unserer Gesellschaft besteht ein ausgeprägtes Bewußtsein für den Raum, wobei dieser sowohl nach innen als auch nach außen durch Grenzziehungen beschränkt wird. Somit definiert sich Heimat durch Ausschließlichkeit, zumal jenen, die bestimmte „Kriterien" nicht erfüllen, kein Recht auf eine gemeinsame Heimat mit denen, die das Heimatrecht für sich selbst definieren, zugestanden wird. „Heimathaben" ist für viele Garant eines Schutzbedürfnisses innerhalb eines bestimmten Territoriums und befriedigt zugleich das Bedürfnis nach Identität.[1] Diese sozialräumliche und kulturelle Identitätssehnsucht ist schließlich auch

---

[1] Stadelmann Christian, Heimaten. In: ed. Bruckmüller Ernst, Urbanitsch Peter, Menschen Mythen Meilenstein. Katalog zur österreichischen Länderausstellung Ostarrichi - Österreich 996 – 1996" (Horn 1996), S. 187.

dafür verantwortlich, daß kulturelle Merkmale und Prozesse von der räumlichen Perspektive her erklärt werden.

Die individuellen Vorstellungen von Heimat bestehen aus „Assoziationsclustern“[2], Heimat ist etwas subjektiv Erlebtes, zwischenmenschliche Beziehungsgeflechte und gefühlsmäßige Assoziationen machen sie einzigartig.

Die Bedeutung von Heimat hat sich im Laufe der Jahrhunderte verändert und befindet sich auch aktuell – vor allem in Hinblick auf eine fortschreitende Globalisierung und auf die Etablierung der europäischen Union – in ständiger Veränderung. Dieser Beitrag soll daher die historische Entwicklung des Heimatbegriffes beleuchten und den aktuellen Zustand bzw. Perspektiven des Heimatverständnisses aufzeigen.

Die Verfasserinnen möchten allerdings darauf hinweisen, daß dieser kurze historische Abriß keinesfalls den Anspruch auf Vollständigkeit und Objektivität stellt und vor allem das letzte Kapitel auch persönliche Eindrücke und Einstellungen wiedergibt. Jedem Leser, der mehr über die Entwicklung des Heimatbegriffes in Österreich erfahren möchte, sei unsere Literaturliste am Ende dieses Beitrags ans Herz gelegt.

---

2 Nierhaus Irene, Heimat und Serie. Zum Wohnbau nach 1945. In: ed. Kos Wolfgang, Rigele Georg, Inventur 45/55. Österreich im ersten Jahrzehnt der Zweiten Republik (Wien 1996), S. 330.

II. Heimat als Rechtsbegriff

Der Heimatbegriff und sein Territorialbezug waren ursprünglich viel eindeutiger, und seine Verwendung ging mit einem nüchternen Rechtscharakter einher. Heimat bedeutete *„das Land oder auch nur de[n] landstrich, in dem man geboren ist oder bleibenden aufenthalt hat"* bzw. den *„geburtsort oder stänige[n] wohnort"* oder aber (v.a. im bayrisch-alemannischen Raum) *„das elterliche haus und besitzthum"*[3]. Damit eng verbunden war das Heimatrecht, das den *„Anspruch auf ungestörten Aufenthalt im Gemeindegebiete und auf die von der Gemeinde im Verarmungsfall zu gewährende Versorgung"*[4] beinhaltet. Durch die Versorgungspflicht war man von Anfang an bemüht, dieses Heimatrecht genau zu definieren und bestimmte soziale Schichten auszugrenzen. Daraus entstand auch das Schubwesen als eine der am frühesten entwickelten und am sorgfältigsten normierten Institutionen der Polizei.

Seit dem 18. Jahrhundert ist die Gesetzgebung für das Heimatrecht belegt und mit einer gewissen Großzügigkeit gehandhabt worden, wobei im Laufe der Jahrzehnte die volle Befugnis darüber der Gemeinde erteilt wurde. Der Erwerb des Heimatrechtes wurde in der

---

[3] Grimm Jacob, Grimm Wilhelm, Deutsches Wörterbuch, Band 10 (München 1984). [ursprüngliches: Vierten Bandes zweite Abtheilung (Leipzig 1877)], S. 865. Zit. nach: Stadelmann, Heimaten, S. 187.

[4] Spiegel N., Heimatrecht. In: ed. Mischler Ernst, Ulbrich Josef, Österreichisches Staatswörterbuch. Handbuch d. gesamten öst. öff. Rechtes, Band 2 (Wien 1906), S. 810.

Folge zunehmend schwieriger. Konnte noch zu Beginn des 19. Jahrhunderts das Heimatrecht durch Heirat oder die bloße langjährige „Ansässigkeit" erworben werden (selbst die Vorbedingung der österreichischen Staatsbürgerschaft wurde erst 1849 ausdrücklich erwähnt), so gab es zehn Jahr später nur mehr zwei Möglichkeiten: Durch Geburt und durch die ausdrückliche Aufnahme in den Gemeindeverband, wobei der Antragsteller immerhin noch einen Rechtsanspruch darauf hatte. Der Grundsatz lautete, daß jeder Staatsbürger in einer Gemeinde heimatberechtigt sein sollte. 1863 wurde das Heimatrecht durch die Heimatgesetzgebung dahingehend geregelt, daß es nur mehr durch Geburt, durch Verehelichung, durch die Aufnahme in den Heimatverband und durch ein öffentliches Amt erlangt werden konnte. Die Rechte der Aufnahmewerber wurden fallengelassen. Das hatte zur Folge, daß *„Heimatlosigkeit"* um sich griff, und erst 1896 wurde wieder das Recht auf die Aufnahme in einen Heimatverband eingeführt. Die Anwendung dieses Rechtscharakters grenzte auch eine Reihe von sozialen Gruppen aus, zumal Heimat als eng gebunden an materiellen Besitz bzw. an die Art der Tätigkeit verstanden wurde. Neben der Garantie auf ungestörten Aufenthalt wurden auch die Benutzung des Gemeindegutes sowie die Teilnahme an der Wahl des Gemeindeausschusses im Rahmen der gesetzlichen Möglichkeiten (wahlberechtigt war ohnehin nur ein begrenzter Personenkreis, wie beispielsweise Ortsseelsorger, Staatsbeamte, Offiziere etc.) gewährleistet[5]. Alle sozialen Gruppen, die keinen Grundbesitz hatten – Arbeiter, Bettler, Gesinde, Tage-

[5] ebenda, S. 812-817.

löhner, Vagabunden und andere soziale Randgruppen – blieben ausgeschlossen.[6] Versuche, sich Heimatrechte zu erwerben, wurden immer wieder unterbunden. Dafür bieten besonders die Geschichte der europäischen Juden oder der Roma und Sinti, denen man bis heute nachsagt, sie hätten keine Heimat, zahlreiche Beispiele.

Als jedoch den Juden durch das Staatsgrundgesetz aus dem Jahr 1867 die völlige Gleichberechtigung gewährt wurde, wurde der Begriff Heimat nicht mehr nur rechtlich gesehen, sondern mit ideologischen Inhalten gepaart. Juden und anderen Randgruppen konnte zwar ihr Heimatrecht juristisch nicht abgesprochen werden, ihnen wurde jedoch die territoriale Heimatlosigkeit ideologisch zum Prinzip gemacht. Historisches Umfeld hierfür sind die Aufklärung, der Nationalismus und die zu dieser Zeit entstehenden modernen Naturwissenschaften. Durch die zunehmende Assimilation der Juden verschwanden soziale und religiöse Differenzen; dennoch blieben sie - aufgrund sozialdarwinistischer „Rassekonstruktionen“ als minderwertig klassifiziert - stigmatisiert und ausgegrenzt.[7] „Rasse“ war aber nicht nur ein biologischer Ordnungsbegriff,

6 van Dülmen Richard, Kultur und Alltag in der Frühen Neuzeit. Dorf und Stadt, 2. Band (München 1992), S. 176-178.

7 „Rassekonstruktionen“ entstehen aus einer Ansammlung von negativen Zuschreibungen und Stereotypen, wobei kulturelle, soziale, sprachliche, religiöse und historische Unterschiede zu „Rassemerkmalen“ gemacht werden, die zudem als vererbbar gelten. Sottopietra Doris, Variationen eines Vorurteils. Eine Entwicklungsgeschichte des Antisemitismus in Österreich (Wien 1997), S. 57-58.

sondern auch ein Synonym für „Volk“ oder „Nation“. Theodor Herzl, der Begründer des Zionismus bemerkte, daß *„Heimat [...] die anerkannte Zusammengehörigkeit mit dem Denken und Fühlen der Volksgemeinschaft [ist]. Und auf "anerkannt" liegt der Ton. Ohne Anerkennung keine Heimat“*[8]

III. Die soziale und politische Instrumentalisierung des Heimatbegriffs im 19. Jahrhundert

1. Heimat in Natur und Nation

Heimat als eindeutiger Rechtsbegriff beginnt sich durch die Industrialisierung und Urbanisierung im 19. Jahrhundert zum *„Inbegriff der mythischen Verbindung von Biographie, Ort, Sozialität und Raum“*[9] zu verändern. Durch die fortschreitenden Technisierungen und Innovationen in allen Lebensbereichen wird Heimat zum Synonym für ein beschauliches Leben in einer sozial funktionierenden Gemeinschaft. Zugleich wurde die urbane Umgebung zum Symbol der Vereinsamung, Hektik und Anonymität. Je weiter die Verstädterung voranschritt, um so mehr wurde das Dorfleben romantisiert und idyllisiert. Heimat wurde somit mit dem ruralen Raum gleichgesetzt, was „Heimathaben“ in der Stadt folglich ausschloß. Nur dann, wenn Heimat über den unmittelbar erfahrbaren Raum hinausging und

[8] Bein Alexander, Theodor Herzl. Biographie (Frankfurt/Main 1983), S. 184. Zit. nach: Stadelmann, Heimaten, S. 188.

[9] Nierhaus, Heimat und Serie, S. 330.

beispielsweise als Vaterland verstanden wurde, beinhaltete der Heimatbegriff auch Städte. Gestützt wurde diese Einschätzung von jenen Stadtbewohnern, die vor allem vorübergehend ihren Aufenthalt am Land (z.B. Sommerfrische) mit angenehmen Aktivitäten und Entspannung verbrachten, was als Ausdruck der rustikalen Distanz zum städtischen Leben gewertet werden kann. Das illusorische Bild einer heilen dörflichen Welt diente der seelischen Kompensation sich entwurzelt fühlender Großstädter. Heimat hatte so neben einer politischen Funktion auch eine ökonomische - mit dem Entstehen eines Tourismus – erreicht.[10] Heimat war allmählich zu einem antimodernistischen Leitbegriff und zum konservativen Programm geworden.[11] Zudem war der Heimatbegriff mit historischer Tiefe besetzt und bedeutete etwas Altes oder Traditionelles, das imstande ist, die für die kulturelle Identität notwendige historische Dimension des Begriffes mitzutragen.

Heimat-Kunst, vor dem Hintergrund der Industrialisierungswellen in der zweiten Hälfte des 19. Jahrhunderts entstanden, verstand sich als Literaturprogramm gegen die Verstädterung und Modernisierung. Peter Rosegger griff bei einem Vortrag über „Kunst und Provinz" 1899 in Wien die *„verderbte und oberflächliche Großstadtliteratur"* an. Daß diese Strömung um die Jahrhundertwende in Österreich im Unterschied zu Deutschland aber den-

---

[10] ebenda, S. 331.

[11] Fetscher Iring, Heimatliebe - Brauch und Mißbrauch eines Begriffs. In: ed. Görner Rüdiger, Heimat im Wort. Die Problematik eines Begriffs im 19. und 20. Jahrhundert (=Publications of the Institute of germanic Studies, University of London, Vol 51, London 1990), S. 17.

noch schwach ausgeprägt war, zeigt beispielsweise Ludwig Anzengruber, der sowohl der Heimatliteratur als auch dem liberalen, antiklerikalen Lager zugerechnet wurde. Bedenklich ist die Tatsache, daß jene Autoren, welche die mit der Heimatdichtung der Zwischenkriegszeit im Zusammenhang stehenden „Blut-und-Boden-Ideologie" vertraten, ihre Karriere nicht nur in der NS-Zeit, sondern auch in der Zweiten Republik fortsetzen konnten, wie beispielsweise die im Ständestaat, NS-Regime und in der Nachkriegszeit beliebte katholische Heimatdichterin Paula Grogger.[12]

Heutzutage wird mit Heimat immer noch das Gebirgsland – nicht umsonst beginnt unsere Bundeshymne mit den Worten *„Land der Berge"*[13] - assoziiert. Dies stellen auch die Genres Heimatfilm und

---

[12] Steiner Gertraud, Von der Heimatdichung zum Heimatfilm. In: ed. Riedl Joachim, Heimat. Auf der Suche nach der verlorenen Identität (Wien 1995), S. 80-82.

[13] In diesem Zusammenhang erscheint der politische und historische Hintergrund zur Entstehung der österreichischen Bundeshymne interessant: Funktion einer Hymne sollte es sein, den unterschiedlichen Bevölkerungsschichten ein Gefühl der Gemeinsamkeit und Zusammengehörigkeit zu vermitteln, eine nationale Identität zu stiften und sie zu festigen. Im Klima der unmittelbaren Nachkriegszeit spielten Themen wie Demokratie, Gleichberechtigung, Vergangenheitsbewältigung oder Minderheiten keine oder nur eine sekundäre Rolle. Vielmehr verlangte der Text nach Inhalten und Chiffren die auf die schöne Landschaft Bezug nahmen, eine heile Welt suggerierten und Stolz über die österreichische Hochkultur verkündeten. Siehe dazu: Rathkolb Oliver, Vom Freimaurerlied zur Bundeshymne. In: Kerschbaumer Gert-Müller Karl (ed.), Begnadet für das Schöne (=Beiträge zu Kulturwissenschaft und Kulturpolitik, Bd. 2, Wien 1992), S. 27.

Heimatroman unter Beweis, die v.a. in der unmittelbaren Nachkriegszeit Hochkonjunktur hatten und zur Herbeiführung eines genuin österreichischen Heimatverständnisses beitrugen. Durch die hierbei betriebene extreme Schwarz-Weiß-Malerei werden die Stadt ausschließlich negativ und der rurale Raum, das Gebirgsland, positiv besetzt.

Seit dem 19. Jahrhundert wurde mit dem Aufkommen der nationalen Ideen Heimat zunehmend politisch von den konservativen Kräften besetzt und als Vaterland gedacht. Heimat wurde zur faßbaren Form von Nation. Zudem wurde Heimat im Sinne eines Identitätsangebotes und einer Orientierungshilfe in einer industrialisierten und politisch desorientierten Umwelt zu einer bestimmenden Größe. Es ging um die Ausbildung von Nationalstaaten, wobei Homogenität in ethnischen, religiösen und kulturellen Belangen angestrebt, gemeinsame Verhaltensweisen und ein gemeinsames „historisches Gedächtnis" geschaffen, das gemeinsame Schicksal betont und dadurch Feindseligkeiten gegenüber jenen, die außerhalb dieser Gemeinschaft standen, legitimiert werden sollten.

Aufgrund der Etablierung eines politisch relevanten Bürgertums ging das staatliche Selbstverständnis, das bis dahin primär auf dem der Herrscherhäuser basierte, allmählich verloren. Die neue Staatsidentität war der Nationalstaat, der sich auf einen einheitlichen Volkskörper berief. Aber die sozialen Gegensätze wurden immer stärker, das Proletariat als politisch relevante Gruppe blieb ausgegrenzt. Nunmehr wurde im Wechselspiel von symbolischer Aufgeladenheit und politischer Ideologisierung Heimat auch zunehmend sozial instrumentalisierbar.[14] Angesichts einer sich formierenden Arbeiterbewegung wurde versucht, auch das Proletariat in die Idee eines Vaterlandes einzubinden und so Heimat zu einem Identifikationsangebot für die einst heimatlose Arbeiterschaft zu machen.[15] Dennoch entwickelte jene - in Opposition zum bürgerlichen - ihr eigenes Heimatverständnis, zumal der Begriff Heimat von den Bürgerlichen in Anspruch genommen wurde. Heimat ventilierte eine real nie existierende soziale Einheit der Bevölkerung als Volk.[16]

Die Donaumonarchie war schon seit längerem im Zerfall begriffen, der deutschsprachige Teil Österreich-Ungarns reagierte auf die nationalen Separationsbewegungen der anderen Länder. 1912 wurde beispielsweise die österreichische Heimatschutzbewegung, später auch Heimatpflege genannt, gegründet. Ziel war die Erhaltung der Volkskultur, die v.a. rückwärtsgerichtet und restaurativ gestaltet war. So war auch die realpolitische Mitgestaltung nach 1918 zum Scheitern verurteilt, zumal die Heimatschutzbewegungen Tradition gegen Wandel stellten. Die ideologische Bedeutung und das Fortwirken der Heimatschutzbewegung war aber dennoch nicht folgenlos: Die Errichtung der Heimatverbände, von Heimatmuseen und die Etablierung des Faches Heimatkunde im Schulunterricht ist in volksbildnerischer Hinsicht erfolgreich gewesen. Der Heimatschutz wurde später in der sozialen Auseinan-

---

[14] Nierhaus, Heimat und Serie, S.330.
[15] Stadelmann, Heimaten, S. 189.
[16] Nierhaus, Heimat und Serie, S. 331.

dersetzung zur Kampfparole gegen den Sozialismus und die städtische Zivilisation. Die rurale, patriarchalische Sozialordnung sollte einen Gegenpol zur Unberechenbarkeit der urbanen, fluktuierenden Massen darstellen.[17]

Als Abkehr vom Establishment begriff sich auch die Jugendbewegung „Wandervogel". Technik- und Zivilisationsfeindlichkeit trieben die Jugendlichen in die Wälder, mittelalterliches Vagabundendasein wurde idealisiert, Volkstums- und Heimatpflege betrieben. Die Mitglieder sahen sich selbst als unpolitisch, sie sind aber dennoch als eine bürgerliche Erscheinung zu betrachten. Sehr früh wurde festgelegt, wer im Rahmen des „Wandervogels" ein Recht auf Heimat habe. Bereits 1911 wurde der „Arierparagraph" eingeführt, den jüdischen Jugendlichen blieb diese Heimat somit verwehrt.[18]

Die Sozialdemokraten hatten für ihre Anhänger ein enges Netz an Bildungs- und Freizeiteinrichtungen und boten für alle Lebensbereiche ein spezifisches in politische Zusammenhänge eingebundenes Programm an. Gültig war dieses Bezugssystem vor allem für den urbanen und industrialisierten Raum, der territorial und sozial klar von der Heimat, wie sie traditionell begriffen wurde, abgegrenzt war. Beide Arten des Heimatverständnisses begleiteten aber die ihnen jeweils Angehörigen ein Leben lang, wenngleich der Begriff

---

[17] ebenda, S. 331-332.

[18] Jensen Angelika, Sei stark und mutig! Chasek we'emaz! 40 Jahre jüdische Jugend in Österreich am Beispiel der Bewegung „Haschomer Hazair" 1903 bis 1943 (Wien 1995), S. 22-25.

Heimat bei den Sozialdemokraten aufgrund der Vereinnahmung von Heimat durch die Konservativen nicht verwendet wurde. Die gesellschaftliche Radikalisierung und die Zerstörung des politischen Gleichgewichts in Österreich in der Zwischenkriegszeit führten schließlich dazu, daß die sozialdemokratische Beheimatung überhaupt ihrer institutionellen Verankerung beraubt wurde. [19]

2. Exkurs: „Schmelztiegel Wien"

Durch die Hausmachtspolitik der Habsburger in den vergangenen Jahrhunderten gab es in der Donaumonarchie zehn verschiedene Nationen, wenngleich aber nicht alle Volksstämme (z.B. die Juden) als solche anerkannt wurden.[20] Wien als Hauptstadt dieses Reiches hatte schon seit Jahrhunderten seine Anziehungskraft auf die Menschen. Die Quellen sprechen immer wieder von den Wienern und ihrer Beziehung zu den „Zuagrasten", wobei zumeist eine xenophobe Haltung mitschwingt. Diese Fremden waren allerdings innerhalb weniger Generationen in Wien verwurzelt. Die Vielfalt an gesprochenen Sprachen (Hebräisch, Griechisch, Latein, Deutsch, Französisch, Türkisch,

[19] Stadelmann, Heimaten, S. 189.

[20] Vgl. Wandruszka Adam, Urbanitsch Peter, Die Donaumonarchie 1848-1918 (Wien 1980). bzw. besonders Stourzh Gerald, Die Gleichberechtigung der Volksstämme als Verfassungsprinzip 1848-1918. In: Die Habsburgermonarchie. S. 975-1026. Ders., Galten die Juden als Nationalität Altösterreichs? Ein Beitrag zur Geschichte des cisleithanischen Nationalitätenrechts. In: Prag – Czernowitz – Jerusalem. (= Studia Judaica Austriaca, Bd. X, Eisenstadt 1984), S. 73-117.

Spanisch, Böhmisch, Windisch, Italienisch, Niederländisch, Syrisch, Kroatisch, Rätzisch, Polnisch und Chaldäisch) oder an nationalen Trachten in Wien ist auch auf den Status als Handelsmetropole Wien zurückzuführen.[21] Im 19. Jahrhundert wurde Wien im Zuge der Industrialisierung als Arbeitsmarkt für Menschen aus der ganzen Monarchie interessant. Die Arbeitsplatzsuche am Land gestaltete sich immer schwieriger, und das Lohnniveau war vor allem in Wien wesentlich höher.[22]

Im 19. Jahrhundert wurden erstmals Volkszählungen durchgeführt, wodurch wir heute - im Gegensatz zu früheren Jahrhunderten - auch statistisches Quellenmaterial zur Verfügung haben. Auskunft über die Zuwanderung ins Wien des vorigen Jahrhunderts bieten die Erhebungen über Geburtsort und Heimatrecht der in Wien lebenden Personen. Allerdings ist dabei zu beachten, daß sich das Heimatrecht der Familie immer nach dem Familienvorstand - in der Regel nach dem Mann - richtete.

---

[21] Zöllner Erich, Zur Geschichte des Klischees von Wien und den Wienern. In: John Michael, Lichtblau Albert, Schmelztiegel Wien - Einst und Jetzt. Zur Geschichte und Gegenwart von Zuwanderung und Minderheiten (Wien/Köln 1990), S. 1-8. Auf folgende erzählende Quellen, die bei Zöllner erwähnt wurden, haben sich die Verfasserinnen bezogen: Constinuatio Vindobonensis, ein namentlich nicht genanntes 1548 publiziertes Loblied auf den Wiener Bürgermeister von Wolfgang Schmeltzl.

[22] Die Faktoren, die für die Migration in die Städte verantwortlich waren, werden in diesem Buch im Beitrag Verena Krawariks, S. 107f. näher ausgeführt.

Die Geburtsortstatistik zeigt, daß der prozentuelle Anteil der in Wien Geborenen zur Zeit der Donaumonarchie immer unter 50% lag. Im Jahr 1880 wurde mit 38,5% der in Wien Geborenen der Tiefststand erreicht. Der Anteil derer, die aus den Bundesländern[23] zuwanderten, belief sich zwischen 15 und 19%. Der Anteil der aus Böhmen und Mähren Stammenden war 1880 der zweitgrößte, in absoluten Zahlen 188.379. Bis ins Jahr 1910 sollte diese Zahl allerdings auf 467.158 Personen anwachsen. 54.128 Personen stammten aus Ländern der ungarischen Krone, zehn Jahr später hatte sich diese Zahl verdoppelt. Die folgenden Grafik zeigt die Herkunftsländer der im Jahr 1880 in Wien lebenden Personen:[24]

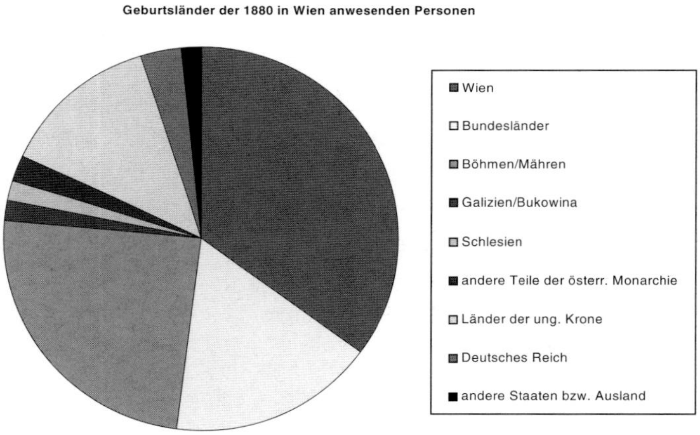

Die Volkszählung aus dem Jahr 1923 wies erstmals einen über 50%-igen Anteil der in Wien geborenen

[23] Tirol und Steiermark in ihren damaligen Grenzen und ohne Burgenland (bis 1920 Ungarn)

[24] Quelle: John , Lichtblau, Schmelztiegel Wien, S. 14-15.

Einwohner auf, wobei dieser von nun an im Steigen begriffen war. Seit dem Ende der Monarchie sank die Zahl derer, die im Ausland geboren wurden, die Zuwanderung aus den Bundesländern war leicht steigend.

Aufgrund des vorhin erwähnten Umstandes, daß sich die Heimatberechtigung immer nach dem Familienoberhaupt richtete, war der prozentuelle Anteil der in Wien zuständigen Personen relativ gering. Waren es 1869 noch 44,6%, so verringerte sich der Anteil aufgrund der Zuwanderung und der restriktiven Handhabung in Bezug auf die Verleihung des Heimatrechtes auf 35,2% (1880) bzw. 34,9% (1890). Erst 1900 war der prozentuelle Anteil wieder im Steigen begriffen, wobei dieser Umstand auch darauf zurückzuführen ist, daß das Heimatrecht nach zehnjährigem Aufenthalt wieder automatisch verliehen wurde. Im selben Zeitraum waren zwischen 26 und 34% der in Wien Lebenden nach Mähren oder Böhmen zuständig.[25] Die Wahrscheinlichkeit, daß der „typische Wiener" seine Wurzeln in einem „nicht-deutschen-Land", einer „nicht-deutsch-österreichischen-Kultur" hat, ist daher relativ hoch – *„I haaß Kollaric, Du haaßt Kollaric – warum sogns` zu Dir Tschusch?"*[26]

In der Zweiten Republik haben sich die Herkunftsländer der ausländischen Mitbürger verändert. Anfang der 50er und 60er Jahren bildeten die Deutschen einen großen Anteil unter den nicht österreichischen Staats-

[25] Ebenda, S.16.
[26] Ebenda, S. 379.

bürgern in Wien. Bei der Volkszählung 1971 dominierten Staatsbürger aus Ex-Jugoslawien (25.090 Personen), 1981 lebten 58.587 Personen jugoslawischer Herkunft und 19.710 türkische Staatsbürger in Wien. Insgesamt wurden 1981 113.417 ausländische Mitbürger gezählt, die vor allem als „Gastarbeiter" nach Wien geholt worden waren.[27]

IV. Der Rest war Österreich ...

Die einstige „Supermacht" Österreich-Ungarn wurde nach dem Ersten Weltkrieg zum Kleinstaat und gleichzeitig zu einer demokratisch verfaßten Republik. Zugleich erlangte das nicht gelöste Nationalitätenproblem des einstigen Vielvölkerstaates brisante Aktualität, der Glaube an die Lebensunfähigkeit des neuen „Rumpfstaates" wurde durch die katastrophalen ökonomischen Verhältnisse verstärkt. Diese Zweifel bildeten den Hintergrund für die Anschlußbestrebungen an Deutschland[28] und verhinderten das Aufkommen eines österreichischen Selbstwertgefühles. Österreich war zur ungeliebten Heimat geworden, deren Bevölkerung sich aus den unterschiedlichsten Volksgruppen und Nationalitäten zusammensetzte.

Knappe 15 Jahre hatte die Erste Republik, deren Alltag von schweren innenpolitischen Konflikten geprägt war, Bestand. Durch die Maiverfassung aus dem Jahr 1934 entstand ein „semifaschistischer" Ständestaat, der

[27] Ebenda, S.17.

[28] Diese Anschlußbestrebungen – beinahe von allen politischen Parteien verfolgt - wurden aber von den Siegermächten des Ersten Weltkrieges unterbunden.

„Bundesstaat Österreich". Bundeskanzler und autoritärer Anführer der Einheitspartei der „Vaterländischen Front", Engelbert Dollfuß, propagierte erstmals selbstbewußt im Zuge des „Abwehrkampfes gegen den Nationalsozialismus" unter Berufung auf die historische Tradition und bestehende Eigenart Österreichs so etwas wie eine österreichische Staatsideologie, welche allerdings auch deutschnationale und großdeutsche Elemente beinhaltete.[29] Nach seiner Ermordung durch nationalsozialistische Putschisten entstand der Mythos von Dollfuß als Verteidiger Österreichs. Seine Politik hatte vor allem in der schulischen Erziehung den Grundstein für ein Österreichbewußtsein gelegt. Ein Weg in Richtung einer Ideologie einer österreichischen Nation wurde allerdings in der Ersten Republik nicht eingeschlagen. Lediglich die damals in der Illegalität agierende Kommunistische Partei schuf die - zumindest theoretischen - Grundlagen dafür.[30] Der Ständestaat konnte aber nie auf eine glaubwürdige Grundlage gestellt werden, zudem waren nahezu 2/3 der Bevölkerung von jeglicher politischer Partizipation ausgeschlossen, und die vor allem von Kurt Schuschnigg forcierte These vom „besseren deutschen Staat Österreich" war für jegliche Absicht einer Beibehaltung der Selbständigkeit Österreichs kontraproduktiv.

---

[29] Jagschitz Gerhard, Der österreichische Ständestaat 1934-1938 In: ed. Weinzierl Erika, Skalnik Kurt, Österreich 1918-1938, Band. I (Graz/Wien/Köln 1983), S. 500-503.

[30] Ebenda, S. 508 bzw. Steininger Rolf, 12. November 1918 bis 13. März 1938: Stationen auf dem Weg zum Anschluß. In: ed. ders., Gehler Michael, Österreich im 20. Jahrhundert, Band I (Wien/Köln 1997), S. 121.

V. Heimat im Zeichen einer aggressiven Expansionspolitik

wien: heldenplatz

der ganze heldenplatz zirka
versaggerte in maschenhaftem männchenmeere
drunter auch frauen die ans maskelknie
zu heften heftig sich versuchten, hoffensdick.
und brüllten wesentlich.
verwogener stirnscheitelunterschwang
nach noten nordlich, kechelte
mit zu-nummernder aufs bluten feilzer stimme
hinsensend sammertliche eigenwascher.
pirsch!
döppelte der gottelbock von Sa-Atz zu Sa-Atz
mit hunig sprenkem stimmstummel
balzerig wurmelte es im männechensee
und den weibern ward so pfingstig ums heil
zumahn: wenn ein knie-ender sie hirschelte.
(Ernst Jandl)

Nach der „Heimholung" der Ostmark ins Großdeutsche Reich im März 1938 waren die Nazis fortan bemüht, nach der Existenz auch den Namen Österreich auszulöschen. Die Bedeutungsebene des Österreichbegriffs mit der längsten Tradition - nämlich jene auf das Land bezogene - fiel der Nomenklatur als erstes zum Opfer.[31] Die nationalsozialistische Bewegung hatte kein Interesse an pluralistischen Bezugssystemen und zeigte auch kein besonderes Verständnis für Regionali-

[31] Dabei wurde schrittweise vorgegangen, den Abschluß bildete der endgültige Ersatz des Ausdrucks „Ostmark" vom 8. April 1942 durch „Alpen- und Donaugaue". Urbanitsch Peter, Die Entwicklung des Österreich-Begriffs. In: Menschen Mythen Meilensteine, S. 74.

sierungstendenzen. Heimat wurde im Nationalsozialismus mit Vaterland gleichgesetzt, wobei allerdings nur die „Volksgemeinschaft" ihre Existenzberechtigung im Vaterland erhielt.[32] Menschen, die nicht zur Volksgemeinschaft zählten (Roma, Sinti, Juden, Behinderte, Homosexuelle, etc.), wurden vertrieben und in letzter Konsequenz ermordet. Bis zu diesem Zeitpunkt war beispielsweise das Gros der Juden tief in ihrer vermeintlich geglaubten Heimat verwurzelt. Plötzlich hieß es, *„...zieh deine Wurzeln aus dieser Erde und geh fort..."* [33]

Das rückwärtsgerichtete Moment von Heimat wurde im Nationalsozialismus besonders betont, stand damit aber auch in einem Antagonismus zur wirtschaftlichen und technologischen Weiterentwicklung. Die Modernisierung erfaßte beispielsweise auch den Agrarbereich, was aus heutiger Sicht das Mißverhältnis besonders stark spüren läßt. [34]

32 Botz Gerhard, Stufen der Ausgliederung der Juden aus der Gesellschaft. Die österreichischen Juden vom „Anschluß" zum „Holocaust". In: Zeitgeschichte 9/10, Juni/Juli 1987, S. 360.

33 Benz Wolfgang, Von der Emanzipation zur Emigration. In: ed. ders., Neiss Marion, Deutsch-jüdisches Exil: Das Ende der Assimilation? Identitätsprobleme deutscher Juden in der Emigration. (Berlin 1994), S. 7-8.

34 Vgl. dazu den von Hanisch verwendeten Begriff der „regressiven Modernisierung", siehe dazu: Hanisch Ernst, Der lange Schatten des Staates (Wien 1994). S. 384ff. Durch die NS-Wirtschaftspolitik trat Wohlstand als Nebenprodukt der Rüstungskonjunktur in Erscheinung, automatische Profite („Butter und Kanonen") für die unteren sozialen Schichten fielen ab, siehe dazu: Abelshauser Werner, Faust Anselm, Wirtschaft und Sozialpolitik. Eine nationalsozialistische Sozialrevolution (Tübingen 1983).

Heimat und Vaterland standen im Zeichen einer aggressiven Ausweitung des Territorialanspruchs. Die substanzlose Verwendung des Heimatbegriffs beinhaltete eine Expansionspolitik, die Heimat jeden verfügbaren Raum zubilligte, Heimat war alles, was deutscher Siedlungs- und Kulturraum sein sollte.[35] „Heimatliebe" wurde für politische Zwecke mißbraucht, die damit nichts zu tun hatten. Das Eintreten für die Heimatrechte der Deutschen und das Vaterland war nichts als ein Vorwand für militärische Eroberungen. [36]

VI. Der Heimatbegriff in der Zweiten Republik

Mit der Errichtung der demokratischen Republik Österreich durch die Unabhängigkeitserklärung, in der auch unsere „heimatlichen Berge" ihren Platz zugewiesen bekamen, fand die Entwicklung des Österreichbegriffs - insofern als der politisch-rechtliche Aspekt gemeint ist - einen Abschluß:

> *„[...] angesichts der Tatsache, daß die nationalsozialistische Reichsregierung Adolf Hitlers kraft dieser völligen politischen, wirtschaftlichen und kulturellen Annexion des Landes das macht- und willenlos gemachte Volk Österreichs in einen sinn- und aussichtslosen Eroberungskrieg geführt hat, den kein Österreicher jemals gewollt hat, jemals vorauszusehen oder gutzuheißen instand gesetzt war, zur Bekriegung von Völkern, gegen die kein wahrer Öster-*

[35] Stadelmann, Heimaten, S. 191

[36] Fetscher, Heimatliebe, S. 17-18.

reicher jemals Gefühle der Feindschaft oder des Hasses gehegt hat, in einen Eroberungskrieg [...] beinahe die ganze Jugend- und Manneskraft unseres Volkes, bedenkenlos hingeopfert hat, ***um zum Schlusse noch unsere heimatlichen Berge als letzte Zuflucht gescheiterter Katastrophenpolitiker zu benützen und kriegerischer Zerstörung und Verwüstung preiszugeben,****[...] erlassen die unterzeichneten Vertreter aller antifaschistischen Parteien Österreichs ausnahmslos die nachstehende Unabhängigkeitserklärung."* [37]

Die Heimat wurde auch jetzt als Vaterland verstanden, wenngleich nunmehr Österreich damit gemeint war. Man wollte kein deutscher Staat mehr sein; die Spitze der Regierung betonte, daß Österreich mit Deutschland außer der Sprache nichts gemeinsam habe.[38]

Ein neues Österreichbild war notwendig geworden und wurde konstruiert: Kunst und Kultur wurden in den Dienst genommen, das spezifisch Österreichische auszudrücken - Habsburgnostalgie und die Österreich-

[37] Unabhängigkeitserklärung Österreichs, Proklamation vom 27. April 1945, Staatsgesetzblatt Nr. 1. (Hervorhebung im Text durch die Verfasserinnen). Zit. nach: Manoschek Walter, Verschmähte Erbschaft. Österreichs Umgang mit dem Nationalsozialismus 1945-1955. In: ed. Sieder Reinhard, Steinert Heinz, Talos Emmerich, Österreich 1945-1995. Gesellschaft Politik Kultur (=Österreichische Texte zur Gesellschaftskritik Band 60, Wien 1995), S. 107.

[38] Suppanz Werner, Österreichische Geschichtsbilder. Historische Legitimationen in Ständestaat und Zweiter Republik (=Böhlaus Zeitgeschichtliche Bibliothek, ed. Konrad Helmut, Band 34, Köln/Weimar/Wien 1998), S. 52.

glorifizierung erlebten einen Aufschwung, der Widerstand gegen den Nationalsozialismus wurde nachträglich erhöht, die Schuld an begangenen NS-Verbrechen wurde externalisiert[39].

Eine „Anekdote" stellt die Janusköpfigkeit des neuen Österreichbildes unter Beweis: 1941 ließ der kunstbeflissene Bürgermeister von Waidhofen an der Ybbs den als „alten Kämpfer" eingestuften Kunstmaler Reinhold Klaus eine „farbige Symphonie echten deutschen Volkstums" schaffen - überall Hakenkreuzfahnen, die Honoratioren in Parteiuniformen. 1945 war das Gemälde zur politischen Peinlichkeit geworden. Der Maler Sergius Pauser erhielt nunmehr den Auftrag, die NS-Symbole zu übermalen und zu „verösterreichern". Aus den Hakenkreuzfahnen wurden rot-weiß-rote Fahnen, aus den Parteiuniformen ländliche Trachten. Das Problem dabei war aber nicht, daß man sich am Ursprung dieses Gemäldes stieß, sondern, daß mit der Zeit die NS-Symbole immer wieder durchschimmerten: So mußte immer wieder übermalt werden, der Nationalsozialismus drang immer wieder hervor.[40]

Der Begriff Heimat wurde auch in der Denkmalkultur der Zweiten Republik verwendet: Den Soldaten, die in

[39] Kos Wolfgang, Riegele Georg, Vorwort. In: ed. dies, Inventur 45/55. Österreich im ersten Jahrzehnt der Zweiten Republik, (Wien 1996), S. 17 bzw. Manoschek, Verschmähte Erbschaft, S. 107.

[40] Hanisch Ernst, Die Präsenz des Dritten Reichs in der Zweiten Republik. In: ed. Kos Wolfgang, Riegele Georg, Inventur 45/55. Österreich im ersten Jahrzehnt der Zweiten Republik, (Wien 1996), S. 33.

der großdeutschen Wehrmacht dienten, wollte man gedenken, ohne aber Deutschland oder den Nationalsozialismus mitzudenken. Einen Ausweg aus diesem Dilemma bot die Einführung des Heimatbegriffes und des Bildes der Soldaten als Vaterlandverteidiger hierfür.[41] Allerdings gab es durch die partielle Ausblendung der NS-Vergangenheit einige Ungereimtheiten, aber dennoch lebt der Antagonismus, der sich daraus ergeben hat - Kampf für das Vaterland, welches zu dieser Zeit nicht existierte - bis heute unhinterfragt und unerschütterlich im kollektiven Bewußtsein der Österreicher weiter.[42] Noch heute wird öffentlich den „Helden" – ohne dabei aber die Komponente der von zahlreichen Wehrmachtsangehörigen begangenen Verbrechen während des Zweiten Weltkrieges mitzureflektieren – gedacht[43]; Öffentliche Veranstaltungen an den Heldengedenkstätten Geschriebenstein (Burgenland) und am Ulrichsberg (Kärnten) sind nur zwei Beispiele für die partielle Ausblendung der Geschichte unseres Vaterlandes ebenso wie die noch bis vor kurzem geführte Diskussion um das Anschlußdenkmal im burgenländische Oberschützen.

---

41 Uhl Heidemarie, Erinnerung als Versöhnung. Zur Denkmalkultur und Geschichtspolitik der 2. Republik. In: Zeitgeschichte, Heft 5/6 1996, S. 148-152.

42 Vgl. dazu aktuelle das Forschungsprojekt „Konfrontation mit einem Tabu. Diskursive Konstruktion der subjektiven Erinnerung an den Vernichtungskrieg der Wehrmacht" unter der Leitung von Prof. Ruth Wodak und Dr. Walter Manoschek.

43 siehe: Heer Hannes, Naumann Klaus (ed.), Vernichtungskrieg. Verbrechen der Wehrmacht 1941-1944 (Hamburg 1995) oder Manoschek Walter (ed.), Die Wehrmacht im Rassenkrieg. Der Vernichtungskrieg hinter der Front (Wien 1996).

Nach 1945 erhielt Heimat eine weitere Dimension: Das Ende des Krieges war gekennzeichnet von den massenhaften und kaum kontrollierbaren Migrationsbewegungen. Die Behörden sahen sich vor riesige Probleme in der Unterbringung und Distribution der sogenannten „Displaced Persons“ gestellt. Insbesondere das Schicksal der deutschstämmig Vertriebenen machte den Heimatverlust einer breiten Bevölkerungsschicht bewußt. Der Wert von konkreter, territorialer Heimat, einschließlich aller Bezugsmomente, wurde nunmehr stärker miterlebt, das Phänomen Heimweh war allgegenwärtig.[44] Gleichzeitig wurde zahlreichen Überlebenden der NS-Vernichtungsmaschinerie immer noch keine Heimat in Österreich zugestanden, und sie mußten sich weiterhin – sowohl offiziell als auch inoffiziell (wie etwa dem Ministerrat[45]) - mit antisemitischen Ressentiments auseinandersetzen und waren in Österreich weiterhin unerwünscht.

Die im Heimatdiskurs immer wieder bestehende folkloristisch ökonomisierbare Seite erhielt in den 50-er Jahren eine vorrangige Funktion, auf dem Land setzte eine Revitalisierung der traditionellen Volkskultur – zu Tourismuszwecken - ein.[46] In den folgenden Jahrzehnten wurde Österreich aber auch immer wieder zur neuen Heimat für zahlreiche Flüchtlinge: Für die sogenannten volksdeutschen Vertriebenen aus Südmähren

44 Stadelmann, Heimaten, S. 191

45 vgl. dazu beispielsweise: Knight Robert (ed.), „Ich bin dafür, die Sache in die Länge zu ziehen“. Wortprotokolle der österreichischen Bundesregierung von 1945-52 über die Entschädigung der Juden (Frankfurt 1988).

46 Nierhaus, Heimat und Serie, S. 343

und dem Sudetenland, die Flüchtlinge aus Ungarn (1965) und der ehemaligen CSSR (1968) oder zuletzt für Flüchtlinge aus dem ehemaligen Jugoslawien. Als in den 60-er Jahren ein Arbeitskräftemangel einsetzte, folgte Österreich dem Beispiel vieler andere Staaten und warb ausländische Arbeitskräfte an, die einen wesentlichen Beitrag am österreichischen Wirtschaftswachstum leisteten.

Die bereits von der Heimatschutzbewegung formulierten Ideen des Naturschutzes wurden in den 70-er Jahren wieder aufgegriffen, zumal die technikbedingten Möglichkeiten zur Veränderung der Umwelt zunehmend als für die Heimat bedrohlich empfunden wurden. Dieses Bewußtsein wurde schließlich politisch relevant, ein gesamtgesellschaftlicher Prozeß der Individualisierung übte auch auf Heimat seinen Einfluß aus und stärker als zuvor trat ein aktives Moment hinzu: Heimat war nicht mehr bloß das gesellschaftliche Umfeld in das man integriert wurde, sondern wurde vielmehr auch als formbarer Bereich verstanden.[47]

VII. Perspektiven von Heimaten

Im Diskurs über die historische Entwicklung des Heimatbegriffes muß auch die Frage danach gestellt werden, wie es gegenwärtig um unseren Heimatbegriff bestellt ist. Fest steht, die Bedeutung von Heimat und das Verhältnis der Menschen zur Heimat ist auch heute noch in ständiger Veränderung begriffen. Gegenwärtig

[47] Ebenda, S. 343

sehen wir uns mit der neuen Zukunftsperspektive einer möglichen Heimat im Vereinten Europa konfrontiert, wenngleich dies momentan wohl eher utopisch zu sein scheint, zumal eine „grenzenlose" Heimat bzw. EU in Anbetracht der überall existierenden Nationalismen wohl kaum möglich sein wird. Denn immer noch hängt die moderne Heimatvorstellung für viele Menschen mit der Grundangst vor Entwurzelung, Trennung oder Enteignung zusammen. Es geht um eine ethnozentrisch verengte Vorstellung von Heimat, welche „Fremdgruppen" aggressiv gegenübersteht bzw. diese ausschließt. Heimat hat sich zu keiner Zeit ganz aus dem Schatten der Intoleranz und Ausgrenzung lösen können.[48] Auch heute sehen viele die eigene Heimat, das „typisch Österreichische" durch Migration gefährdet. Allerdings stellt sich die Frage: Wie echt ist das „typisch Österreichische" denn wirklich?[49]

Fremdenfeindlichkeit ist wohl auch Ausdruck der Krisenerscheinungen einer modernen Gesellschaft, in der traditionelle Wertvorstellungen an Gewicht verlieren, und die zunehmenden Unzufriedenheiten der verschiedenen politischen und sozialen Schichten kanalisieren sich auf einen konkreten Punkt, nämlich auf „den Ausländer". Im aktuellen Wahlkampf 1999 wird mit aggressiven, xenophoben Slogans wie „Stop der

48 Stadelmann, Heimaten, S. 191.

49 Als anschauliches Beispiel hierfür dient der „typisch österreichische Speiseplan": Gulasch aus Ungarn, Golatschen aus Tschechien, gefüllte Paprika aus der jüdischen Küche, der Kaffee aus der Türkei und das berühmte Wiener Schnitzel (costolette milanese) aus Italien. Siehe dazu: John, Lichtblau, Schmelztiegel Wien, S. 443-444.

Überfremdung“[50] und „gegen den Asylmißbrauch“[51] Angst geschürt und mit dem Hinweis auf die „echten Österreicher“ Prinzhorn und Haider - wie schon 1970 von Josef Klaus antisemitisch gegen Bruno Kreisky verwendet – Jagd auf Wählerstimmen gemacht.

Die österreichische Politik bewegt sich gegenwärtig zweifelsohne vor allem in eine Richtung der Ausformung mehrerer Klassen von ausländischen Mitbürgern, die hierarchisch voneinander abgestuft sind, wobei die einen (provokativ gemeint) die „guten Neger“ und die anderen die „bösen Neger“ [52] sind. Xenophobe Stereotype gehen in politische Diskurse ein und werden dadurch weitertradiert.

Im Widerspruch zu dieser verengten, diskriminierenden Sicht von Heimat steht eine mobile Gesellschaft, die in zunehmenden Maße - auch von uns Österreichern - gefordert ist. Unsere Vorstellung von Heimat muß aufgrund der zunehmenden Entkoppelung von Raum zwangsläufig einem entscheidenden Wandel unterworfen sein, der in seiner ganzen Dimension noch nicht absehbar ist. Es wird notwendig sein, einen stärker pluralistischen Anspruch und ein liberaleres Bewußtsein für Heimat zu entwickeln. Menschen sollen die Möglichkeit haben, ihre eigene Heimat zu verlassen, sei es gezwungen durch Krieg, Verfolgung oder aber

[50] Anzumerken bleibt, daß Österreich zur Zeit die geringste Zuwanderungsquote EU-weit hat und schon jetzt die de-facto-Zuwanderung gegen Null geht!

[51] Vgl. dazu die geltenden, äußerst restriktiven und rechtsstaatlich durchaus problematischen sogenannten „Fremdengesetze“!

[52] Profil Nr. 37/1999, S. 38.

aus freiwilligen Gründen. Zumindest ihre Sprache werden sie dabei in der Regel mitnehmen und werden dann - zunächst wenigsten - zwei Heimaten haben: Nämlich eine kulturelle Ursprungsheimat und eine gegenwärtig geographische.[53] Durch persönliche Mobilität und Aufhebung der territorialen Gebundenheit und den damit im Zusammenhang stehenden geographischen Wechsel stehen sich nunmehr die alte und eine neue Heimat gegenüber. Es wird möglich, mehrere Heimaten oder zumindest eine erste und eine zweite zu haben. Heimat wird dadurch in der Mehrzahl denkbar und steht im Gegensatz zu einer Begriffstradition, die Heimat als etwas Einzigartiges ansieht.[54]

---

53 Fetscher, Heimatliebe, S.19.

54 Stadelmann, Heimaten, S. 192-193.

Bibliographie

Benz Wolfgang, Von der Emanzipation zur Emigration. In: ed. ders., Neiss Marion, Deutsch-jüdisches Exil: Das Ende der Assimilation? Identitätsprobleme deutscher Juden in der Emigration. (Berlin 1994), S. 7-18.

Botz Gerhard, Stufen der Ausgliederung der Juden aus der Gesellschaft. Die österreichischen Juden vom „Anschluß" zum „Holocaust". In: Zeitgeschichte 9/10, Juni/Juli 1987, S. 360.

Fetscher Iring, Heimatliebe - Brauch und Mißbrauch eines Begriffs. In: ed. Görner Rüdiger, Heimat im Wort. Die Problematik eines Begriffs im 19. und 20. Jahrhundert. (=Publications of the Institute of germanic Studies, University of London, Vol 51, London 1990), S. 15-35.

Hanisch Ernst, Der lange Schatten des Staates (Wien 1994).

ders., die Präsenz des Dritten Reichs in der Zweiten Republik. In: ed. Kos Wolfgang, Rigele Georg, Inventur 45/55. Österreich im ersten Jahrzehnt der Zweiten Republik (Wien 1996), S. 23-32.

Heer Hannes, Naumann Klaus (ed.), Vernichtungskrieg. Verbrechen der Wehrmacht 1941-1944 (Hamburg 1995).

Jagschitz Gerhard, Der österreichische Ständestaat 1934 - 1938 In: ed. Weinzierl Erika, Skalnik Kurt, Österreich 1918 -1938. Geschichte der ersten Republik, Band I (Graz/Wien/Köln 1983), S. 497-516.

John Michael, Lichtblau Albert (ed.) Schmelztiegel Wien - Einst und Jetzt. Zur Geschichte und Gegenwart von Zuwanderung und Minderheiten (Wien/Köln 1990).

Knight Robert (ed.), „Ich bin dafür, die Sache in die Länge zu ziehen". Wortprotokolle der österreichischen Bundesregierung von 1945-52 über die Entschädigung der Juden (Frankfurt 1988).

Kos Wolfgang, Riegele Georg, Vorwort. In: ed. dies., Inventur 45/55. Österreich im ersten Jahrzehnt der Zweiten Republik (Wien 1996), S. 9-22.

Manoschek Walter, Verschmähte Erbschaft. Österreichs Umgang mit dem Nationalsozialismus 145-1955. In: ed. Sieder Reinhard, Steinert Heinz, Talos Emmerich, Österreich 1945-1995. Gesellschaft Politik Kultur (=Österreichische Texte zur Gesellschaftskritik Band 60, Wien 1995) S. 94-106.

ders. (ed.), Die Wehrmacht im Rassenkrieg. Der Vernichtungskrieg hinter der Front (Wien 1996).

Nierhaus Irene, Heimat und Serie. Zum Wohnbau nach 1945. In: ed. Kos Wolfgang, Rigele Georg, Inventur 45/55. Österreich im ersten Jahrzehnt der Zweiten Republik (Wien 1996), S. 329-344.

Profil Nr. 37/1999, S. 38.

Rathkolb Oliver, Vom Freimaurerlied zur Bundeshymne. In: Kerschbaumer Gert-Müller Karl (ed.), Begnadet für das Schöne (=Beiträge zu Kulturwissenschaft und Kulturpolitik, Bd. 2, Wien 1992).

Sottopietra Doris, Variationen eines Vorurteils. Eine Entwicklungsgeschichte des Antisemitismus in Österreich (Wien 1997) .

Spiegel N., Heimatrecht. In: ed. Mischler Ernst, Ulbrich Josef, Österreichisches Staatswörterbuch. Handbuch d. gesamten öst. off. Rechtes, Band 2 (Wien 1906).

Stadelmann Christian, Heimaten. In: ed. Bruckmüller Ernst, Urbanitsch Peter, Menschen Mythen Meilenstein. Katalog zur österreichischen Länderausstellung „Ostarrichi - Österreich 996 – 1996" (Horn 1996), S.185-194.

Steiner Gertraud, Von der Heimatdichung zum Heimatfilm. In: ed. Riedl Joachim, Heimat. Auf der Suche nach der verlorenen Identität (Wien 1995).

Steininger Rolf, 12. November 1918 bis 13. März 1938: Stationen auf dem Weg zum Anschluß. In: ed. ders., Gehler

Michael, Österreich im 20. Jahrhundert, Band I (Wien/Köln 1997), S. 99-152.

Stourzh Gerald, Die Gleichberechtigung der Volksstämme als Verfassungsprinzip 1848-1918. In: ed. Wandruszka Adam, Urbanitsch Peter, Die Habsburgermonarchie 1848-1918, Band 3, Teilband 2 (Wien 1980).

ders., Galten die Juden als Nationalität Altösterreichs? Ein Beitrag zur Geschichte des cisleithanischen Nationalitätenrechts, In: Prag – Czernowitz – Jerusalem, Studia Judaica Austriaca, Band X (Eisenstadt 1984).

Suppanz Werner, Österreichische Geschichtsbilder. Historische Legitimationen in Ständestaat und Zweiter Republik (=Böhlaus Zeitgeschichtliche Bibliothek, Band 34, ed. Konrad Helmut, Köln/Weimar/Wien 1998).

Uhl Heidemarie, Erinnerung als Versöhnung. Zur Denkmalkultur und Geschichtspolitik der 2. Republik. In: Zeitgeschichte, Heft 5/6 1996, S. 146-160.

Urbanitsch Peter, Die Entwicklung des Österreich-Begriffs. In: ed. Bruckmüller Ernst, ders., Menschen Mythen Meilenstein. Katalog zur österreichischen Länderausstellung „Ostarrichi - Österreich 996 – 1996" (Horn 1996), S. 67-75.

van Dülmen Richard, Kultur und Alltag in der Frühen Neuzeit. Dorf und Stadt, 2. Band (München 1992).

Wandruszka Adam, Urbanitsch Peter, Die Habsburgermonarchie 1848-1918 (Wien 1980).

Elke Peyerl:
HEIMAT IN IHRER PLURALITÄT UND UNSEREN SPRACHEN

Im ersten Beitrag dieser Publikation wird auf die Territorialität der Heimat hingewiesen und darauf, daß Heimat etwas subjektiv Erlebtes ist. Dieses subjektiv Erlebte gilt es zu hinterfragen:

I. Was ist Heimat?

„Heimat“: Ein kleines Wort mit großer Bedeutung. Ein Wort, dessen semantische Vielfalt unmöglich auch nur im Ansatz definiert werden kann. Im folgenden wird der Versuch unternommen, Heimat und ihre Begrifflichkeit von verschiedenen Seiten zu betrachten. Das Verweilen im jeweiligen Blickwinkel ist kurz, ein Augenblick, der Beginn eines Gedanken, der vom Leser weitergedacht werden möchte ...

1. Heimat als Ursprung

Die Frage nach *Heimat* beginnt im allgemeinen mit der Frage nach dem eigenen Ursprung. Unsere Mutter, sei es nun die leibliche oder eine Person, die ihre Stelle einnimmt, ist es, die uns zum ersten Mal ein *heim*eliges Gefühl vermittelt. Sie hilft uns, den ersten Schritt in die Fremde, ins Un*heim*liche zu gehen.

Diesen Gedanken teilte ein Großteil der Teilnehmer am Projekt „Zwischen den HeimatEn“. Heimat wurde als Inbegriff der Urwurzel des eigenen Lebens, als Ort, an dem die Eltern geboren sind, als Kindheitserfahrung definiert:

> „Für mich ist Heimat eine Kindheitserfahrung: das erstmalige Wahrnehmen einer sozialen und lokalen Umwelt."
> Christian Tillinger

Wer niemanden hat, der ihm den Unterschied zwischen *Heimat* und Fremde[55] vermitteln kann, ist dennoch nicht *heimat*los, denn auch er kennt das Gefühl des Vertrauten und jenes des Fremden.

Dieses Gefühl des Vertrauten und des Fremden kann an mehrere Faktoren gebunden sein, etwa:

- an räumliche (örtliche)
- an zwischenmenschliche (i. w. S.: soziale)
- an sprachliche

Die räumlichen Faktoren des Heimatbegriffes hier abzuhandeln, hieße, die Konzeption dieses Buches in Frage zu stellen. Sowohl der Beitrag Sabine Loitfellners und Eva Zeindls als auch jener Susanne Marcinis behandeln die angesprochenen räumlichen Faktoren des Heimatbegriffes in ausreichender Weise. Einzig und allein auf ein Faktum sei ergänzend hingewiesen:

Oft zeigt sich *Heimat* gerade in ihrer „räumlichen Abwesenheit". Man liest dann Bücher über sie, sei es

[55] „Fremde" wird im allgemeinen als semantisches Gegenteil der Heimat angenommen.

zum Trost oder gerade, um so richtig traurig zu werden und um sich nach ihr sehnen zu können:

> Und dennoch gibt es Heimat: ganz ohne Vaterland oder Nation oder Deutschtum. Auf dem Weg zu den Dogon in der Republik Mali lernten wir in Agadez ... mehr als 2000 Kilometer vom Dogonland, den ersten Dogon kennen ... Im Tornister trug er den dicken Band des französischen Ethnologen Marcel Griaule, *Les maques Dogon,* mit sich. Wenn er sich einsam fühle oder traurig, lese er darin, und dann sei er wieder daheim ... [56]

Die zwischenmenschlichen Faktoren des Heimatbegriffes waren es, die im Gespräch mit Ahmed, Erzebeth Nagy, Marzanna Danek-Hnelozub und anderen Teilnehmern des Aktionstages „Zwischen den HeimatEn“ deutlich zu spüren waren:

Ahmed[57] lebt in Österreich. Er hat hier seinen Wohnsitz, der als „ordentlich“ auf einem weißen Blatt Papier „halber Größe“ (genannt „Meldezettel“), wie Ahmed meint, bezeichnet wird. In seiner emotionalen Welt lebt er nicht immer an seinem ordentlichen Wohnsitz, sondern dort, wo seine Frau gerade ist. *„Meine Heimat ist meine Frau,“* sagt Ahmed. Erzebeth Nagy's Heimat ist ihr Ehemann, ebenso verhält es sich mit der Heimat Marzanna Danek-Hnelozub's.

---

[56] Parin, Paul: Heimat, eine Plombe. Rede am 16. November 1994 beim 5. Symposion der Internationalen Erich Fried Gesellschaft für Literatur und Sprache in Wien zum Thema „Wieviel Heimat braucht der Mensch und wieviel Fremde verträgt er“. Mit einem Essay von Peter-Paul Zahl. (= EVA-Reden, 21). Hamburg, 1996, 12

[57] Der Nachname ist der Verfasserin bekannt, soll hier aber – auf Wunsch Ahmeds – nicht genannt werden.

Heimat muß nicht unbedingt an einen Menschen in seiner Funktion als Bezugsperson gebunden sein, sie kann auch mit einer Gruppe von Menschen, einer „Klasse" oder „Schicht" assoziiert werden, in der man sich be*heimat*et fühlt. Das zeigt sich besonders deutlich, wenn man in einer Gruppe von Menschen ein befremdendes Gefühl spürt, weil sie eine andere, den eigenen Gepflogenheiten konträre Lebensweise an den Tag legt.

Die sprachlichen Faktoren des Heimatbegriffes spielen dann eine Rolle, wenn man viele tausend Kilometer von Da*heim* weg ist, die Sprache der Fremde nicht oder nur schlecht versteht und plötzlich Worte hört, die man kennt, Worte, die in der eigenen Muttersprache ertönen und einem plötzlich mehr *Heimat* fühlen lassen als je zuvor; oder, wenn man feststellt, daß man bestimmte Ausdrücke der eigenen, vertrauten Sprache nicht in eine andere übersetzen kann. Die Suche nach Worten ist nur eine Folge davon.

Neben diesem abstrakten Heimatgefühl steht die konkrete Abgrenzung von der Heimat über die Sprache als Werkzeug. Als Beispiel sei hier der jüdische Autor Friedrich Torberg genannt, der in den Wirren des Jahres 1938 in die Schweiz und später über Frankreich nach Amerika emigrierte. Noch vor seiner Emigration begann Torberg, seinen Schriftverkehr teilweise mit englischen Absätzen zu versehen[58].

---

[58] Torberg, Friedrich: Eine tolle, tolle Zeit. Briefe und Dokumente aus den Jahren der Flucht 1938 – 1941. In: Gesammelte Werke. Bd. 18., hg. v. David Aymann, Marietta Torberg, München 1989, 50

2. Herkunft der Heimat

Woher kommt es eigentlich, dieses Wort *Heimat*[59]?

Die zu Beginn angesprochene Bedeutungsvielfalt des Wortes Heimat zeigt sich auch in seiner etymologischen Situation:

Ursprünglich - in germanischer Zeit - bedeutete Heimat „väterlich ererbten Besitz“, was auch an dem altenglischen „eard“ (bebautes Land, Wohnplatz oder *Heimat)* ablesbar ist. Dieses „eard“ mündet in die Form „art“ (Art, Herkunft, Abstammung) ein, bedeutet auch „Fügung“, „Schicksal“ oder „Lage“ und ist mit dem norwegischen „einard“ (einfach, unvermischt) verwandt.

Das Wort *Heimat* geht - streng etymologisch gesehen - auf das mittelhochdeutsche „heimuot“ oder „heimuote“ und auf das althochdeutsche „heimuoti“ oder „heimoti“ zurück. Es wurde im Althochdeutschen - und schon davor - aus zwei Teilen, Stamm und Suffix, gebildet:

„heim“ (indogermanisch: *kei) und „-oti“.

Der zweite Teil des Wortes *heimoti*, das Suffix „-oti“ ist schnell abgehandelt. Dieses Suffix ist zurückzuführen

[59] Dieses Kapitel wurde mit Einträgen aus der Duden PC-Bibliothek (Seitenangaben daher unmöglich) ergänzt: Duden: Das Herkunftswörterbuch. Mannheim, Leipzig, Wien, Zürich 1994

auf das germanische *-odus (lateinisch -*at*us ⇒ Heim*at*), begegnet auch in anderen Worten, wie etwa in der „Armut" oder „Einöde" (ahd. einoti, mhd. einoete) und im „Kleinod".

Der erste Teil des Wortes *heimoti*, nämlich „heim", gestaltet sich in seiner Abhandlung etwas umfangreicher. Dieses „heim" ist weitreichend und vielfältig in seinem Vorkommen. Es ist mit dem gotischen „haims", dem englischen „home", dem schwedischen „hem" und mit dem griechischen „kome" (Dorf) sowie dem baltoslawischen „sem'ja" (Familie) verwandt.

„Heim" findet sich aber ursprünglich auch in ganz anderen Worten, in denen wir es heutzutage kaum mehr vermuten. So steckt seine indogermanische Wurzel „*kei-", die „liegen" bedeutet, etwa in der Wortgruppe von „Hei-rat", was am ehesten mit „Hausbesorgung" übersetzt werden kann, oder in unserem Wort „ge-heuer", was „zur Hausgemeinschaft gehörig", also „vertraut sein", bedeutet. Noch heute ist für uns das, was uns nicht geheuer ist, un*heim*lich, somit nicht zum *Heim* gehörend.

Einige Worte, die *Heim* in sich tragen, verschwanden aus unserem gängigen Sprachgebrauch, etwa der *Heim*bürge (mhd. heimbürge, ahd. heimburgo), der heute längst zum Schöffen oder Dorfrichter geworden ist, oder auch der *Heim*fall, die Rückübertragung von Gütern auf den ursprünglichen Lehens- bzw Grundherrn, andere „*Heim*-Worte" blieben erhalten, neue kamen und kommen hinzu. Die Worte *Heim* und *Heimat* begegnen in jedem Lebensbereich:

In der Geschichte (seit 1918 gebrauchen wir das Wort *Heim*wehr), bei der Arbeit (*Heim*arbeit), in der Geographie (*Heim*kehle, eine 1700 Meter lange Gipshöhle am Rand des Südharzes), in der Kunst und Literatur (*Heimat*kunst), in der Gefühlswelt (*Heim*weh) und sogar im Tierreich, nämlich dann, wenn wir eine wärmeliebende, etwa 1,7 Zentimeter lange, gelbbraune Grille bei ihrem Namen nennen: *Heim*chen.

Vorkommen und Bedeutungsweite der *Heimat* scheinen unerschöpflich zu sein. Wer würde vermuten, daß sie selbst in Worten steckt, die von Anfang an gar nicht den Eindruck erwecken, etwas mit *ihr* zu tun zu haben. Als Beispiel sei hier das Wort „Nostalgie" genannt. Die Nostalgie wurde aus dem griechischen nóstos (Rückkehr in die *Heimat*) und álgos (Schmerz) gebildet und beinhaltet - wie man sieht - somit noch ein Stückchen *Heimat*.

Auf das oben hingewiesene „Heimchen" stieß auch Günther Nenning, als er über Heimat nachdachte:

> Übrigens gehört zur Wortfamilie von „Heimat" und „Heim" natürlich auch das „Heimchen", die Grille, die in ihrem Käfig am häuslichen Herde gemütlich ihr Liedchen zirpt, während die gute Suppe brodelt.
> Heimat ist, wo es zirpt.
> Heimat ist, wo man liegt, sich befindet, ißt und trinkt, musiziert, tanzt, besoffen ist, Feste feiert, mit komischem Beigeschmack.
> Heimat ist, wo man stirbt, tot da liegt, begraben ist.
> Und wieder aufersteht, nach und trotz Todesschlaf.
> Heimat ist Dorf, wo man Frieden hat, während es in der Stadt zugeht. Heimat ist unpolitisch, steht gegen Stadt und Staat.

Wem dieser Befund nicht reicht, ist hoffnungslos. Es gibt viele Hoffnungslose. Wer hoffnungslos ist, hat keine Heimat. Aber verkappte Sehnsucht. Heimat ist, wo er noch nie war. Und angeblich auch nie hinwill.
Mitleidend stimmen wir mit ihm überein: für einen auch nur einigermaßen fortschrittlichen, liberal und multinational gesinnten modernen Menschen ist und bleibt Heimat das Letzte. Wort und Begriff, Gefühl und Realität von Heimat liegen ihm stagelgrün auf. Und so tief sitzt der Brechreiz, daß der besorgte Analytiker eben fragen könnte, mit dem notwendigen Quentchen Bosheit: Sitzt nicht ebenso tief wie die Abneigung gegen Heimat die verleugnete Sehnsucht, das Heimweh?
Naja, fragen wird man ja noch dürfen.[60]

3. Überall Heimat

Gibt es das Wort *Heimat* überall?

Das Wort *Heimat* ist auf das deutsche Sprachgebiet beschränkt, doch kennt jede Sprache ein von der Semantik her identes Wort für *„Heimat"*. Egal, ob der Franzose *pays natal* oder *patrie,* der Engländer *home, homeland* oder *native country,* der Italiener *terra native* bzw *patria* oder der Brasilianer *jar* dazu sagt, wie *Heimat* auch immer bezeichnet wird, in jedem Fall spiegelt das Wort die Sichtweise eines Menschen für seine *Heimat* wider, zeigt, ob er eine *Heimat* (oder mehrere) in sich trägt oder nicht und woraus sich seine *Heimat* für ihn zusammensetzt. Es zeigt sogar, wie hoch er sie bewertet

---

[60] Nenning, Günther: „HEIMAT IST; WO WIR NOCH NIE WAREN". Eine europäische Ideenmusik. In: Beiträge zur historischen Sozialkunde 2/97

und ob er sie für sich selbst überall konstruieren, überall verwirklichen, letztendlich überall leben kann.

Es kann aber auch ein ganz anderes Wort sein, das für *Heimat* verwendet wird. Vielleicht ein Name, die Bezeichnung eines Ortes, eines Gefühles oder nur einer Begebenheit, ein Geruch, ein Gedanke, eine Erinnerung, ein Eindruck ... Jeder Mensch trägt - sei es nun bewußt oder unbewußt – etwas in sich, was er mit seinem persönlichen *Heimat*begriff verbindet:

> Wenn ich Heimat denke, fällt mir der Justi ein ... Seine Eltern sind nach Australien gegangen, da mußte er auch fort.
> Da mußten wir über Anweisung vom Herrn Direktor alle aufstehen und „Nun ade du mein liebes Heimatland" singen. Der Herr Direktor hat dirigiert, dem Justi war's peinlich, das konnten wir alle sehen, und die Fellner Mitzi hat geweint. Da mußten wir alle weinen. Der Justi hat nicht gewußt, wie ihm plötzlich geschieht, er war sonst nicht auffällig, eher still. Da war mir, als hätte ich die Heimat verloren.[61]

4. Vaterland, ein Synonym für Heimat?

Archibald Douglas in Theodor Fontanes[62] gleichnamiger Ballade bittet König Jakob inständig, ihn in seine *Heimat* zurückkehren zu lassen:

---

61 Nöbauer, Christina: Heimat. In: Die Bergbauern. Alternativen für den Bergraum. 100/101, Nov./Dez 1986, 25

62 Fontane, Theodor: Herr von Ribbeck auf Ribbeck. Gedichte und Balladen. Ausgewählt von Gottfried Honnefelder. (= insel taschenbuch 1446). Frankfurt am Main und Leipzig, 1992, 18 - 21

> ...
> Nur laß mich atmen wieder aufs Neu
> Die Luft im Vaterland.

und fleht ihm bei Versagen dieses Wunsches an:

> Und willst Du nicht, so hab' einen Mut,
> Und ich will es danken Dir,
> Und zieh Dein Schwert und triff mich gut
> Und laß mich sterben hier.
> ...

Schließlich steht für König Jakob fest, daß nur der *„in tiefster Seele treu"* ist, *„der die Heimat liebt"* ...

In diesem Zitat aus Archibald Douglas werden zwei wichtige Begriffe vermengt, nämlich jener des Vaterlandes und jener der Heimat. Ist Vaterland ein Synonym für *Heimat*, bedeuten diese zwei Worte das gleiche?

Als ich mich auf die Suche nach dem Wort „Vaterland" und seinem Vorkommen in gängigen Nachschlagewerken begab, machte ich eine bemerkenswerte Entdeckung. *„Heimat"* findet sich immer, „Vaterland" kaum. Lediglich im Bertelsmann Universallexikon konnte ich den Eintrag

> Pater patriae
>
> »Vater des Vaterlands«, Ehrenname für die röm. Kaiser u. verdiente hohe Staatsbeamte.[63]

---

[63] Bertelsmann Universallexikon. Bertelsmann Electronic Publishing [daher ist keine Seitenangabe möglich!]. Gütersloh, München 1994

aufspüren, der jedoch keine Deutung des Wortes „Vaterland" zuläßt. Die Literaten gaben da schon bereitwilliger Auskunft und stellten eindeutig fest, daß Vaterland nicht *Heimat* ist und *Heimat* nicht Vaterland. Kurt Tucholsky etwa spricht vom Vaterland als *„Alpdruck der Heimat"* und noch drastischer formuliert es Friedrich Dürrenmatt, wenn er meint: *„Vaterland nennt sich der Staat immer dann, wenn er sich anschickt, auf Menschenmord auszugehen"*.

Überspitzt und ein wenig provozierend gesagt: Vaterland ist das Land der Väter als Synonym für Strenge und Korrektheit, Ehre und Pflicht, aber die *Heimat* ist das Land der Mütter, die nicht weniger Ehr- und Pflichtgefühl vermitteln, aber auch das *Heimat*gefühl nicht vergessen![64]

II. Gibt es Heimaten?

1. Heimat im Wörterbuch

Alles bisher Gesagte läßt sich auch viel einfacher und knapper darstellen, so etwa in gängigen Wörterbüchern und Nachschlagewerken, wo die *Heimat* ihren Platz meist zwischen Heilsarmee und Heimatvertriebenen einnehmen muß:

> Heimat
>
> der geographisch einheitlich erlebte Raum (Landschaft, Siedlungsform), mit dem sich der Mensch durch Geburt,

64 Ausnahmen bestätigen die Regel!

> Tradition u. Lebensweise bes. verbunden fühlt, in dem seine Persönlichkeit maßgeblich geprägt wurde u. seine ersten entscheidenden sozialen Beziehungen zustande kamen. Die H. erfährt regelmäßig in Zeiten persönl. u. sozialer Krisen Aufwertung bei gleichzeitiger partieller Ablehnung von Lebensformen der industriellen Massengesellschaft.[65]

> **Heimat**, im allgemeinen Sprachgebrauch einerseits der Ort und die Umgebung, an dem ein Mensch geboren ist und wo er seine Kindheit verbracht hat, andererseits die Umwelt, deren Einstellungen und Mentalität ihn geprägt haben. Der Begriff *Heimat* bezeichnet meist ein subjektives Gefühl der Geborgenheit, engen Beziehungen sowie der Verbundenheit, die auf eine vertraute Umgebung zurückzuführen ist. Man spricht auch von einer geistigen, sprachlichen oder politischen Heimat.
> Nach dem völkerrechtlich noch nicht anerkannten Heimatrecht soll niemand gegen seinen Willen aus einem Lande vertrieben werden.[66]

Diese zwei - sorgsam ausgewählten Artikel - scheinen ausreichend zu sein, um zu veranschaulichen, daß die Heimat eigentlich ein Begriff ist, der sich nicht einfach für alle Menschen auf einen Nenner bringen läßt.

Mag auch die geographische und soziale Komponente in beiden Einträgen hervorgehoben sein, so wird eines auf jeden Fall gern vergessen:

Heimat kann eine Mehrzahl haben.

---

65 Bertelsmann Universallexikon. Bertelsmann Electronic Publishing [daher ist keine Seitenangabe möglich!]. Gütersloh, München 1994

66 Microsoft Encarta 97 [daher ist keine Seitenangabe möglich!]. Microsoft Corporation 1993 - 1996

2. Freiwillige und unfreiwillige Heimaten

Auch dann, wenn das Österreichische und das Kleine Österreichische Wörterbuch in allen von mir gesichteten Ausgaben von 1979[67] bis 1998[68] *Heimat* immer nur als Einzahlwort verzeichnet, steht fest, daß es sie gibt, die

Heimaten.

Auch der Deutsche Duden hat keinen Zweifel daran, wenn er unter *„Heimat"* verzeichnet: *„Heimat, die; -, -en"*[69].

Natürlich ist das eine mutige Hypothese, deren Wahrheit es zu beweisen galt. Läßt sich der Satz „Ein einzelner Mensch kann mehrere Heimaten haben." streng wissenschaftlich gesehen verifizieren?

Im Projekt „Zwischen den HeimatEn" ist die Verifikation dieses Satzes nicht zur Gänze gelungen.

---

67 etwa: Benedikt, Erich, Maria Hornung, Ernst Pacolt (Mit-Hg.): Österreichisches Wörterbuch, hg. im Auftrag des Bundesministerium für Unterricht und Kunst. 35., völlig neu bearbeitete und erweiterte Auflage. Wien 1979, 198

68 etwa: Freund, Josef, Franz Jarolim, Ernst Pacolt: Kleines Österreichisches Wörterbuch. 1. Auflage, Nachdruck. Wien 1998, 70

69 Duden. Rechtschreibung der deutschen Sprache auf der Grundlage der neuen amtlichen Rechtschreibung (= Duden Band1), hg. v. d. Dudenredaktion. Mannheim, Leipzig, Wien, Zürich 1996, 341

Die Hälfte der Projektteilnehmer brachte deutlich zum Ausdruck, daß es in jedem Fall mehrere Heimaten gebe. Es gebe ein Ursprungsland und eine Wahlheimat (für Ingrid Krawarik und Andrea Höller ist dies etwa Schottland), die zur zweiten Heimat werde, es gebe ein Land, aus dem man vertrieben wurde, das einem jedoch niemand streitig machen könne (so Wilgerd Nagy, der jedoch Siebenbürgen nicht mehr als seine Heimat ansieht), es gebe die Möglichkeit, sich eine zweite neben der ersten Heimat aufzubauen und sich von beiden Heimaten „die Rosinen aus dem Kuchen zu picken" (Michael Peyerl).

Die andere Hälfte der Projektteilnehmer war felsenfest davon überzeugt, daß es nur eine Heimat gibt, egal wie gut es einem in der neuen/zweiten Heimat gehe. So etwa Abdul Topkara, der mit 15 Jahren aus der Türkei nach Österreich kam, und hier seinen Lebensunterhalt als Tischler verdient. Es ist ihm gelungen, einen guten Lebensstandard zu erreichen und eigentlich – so kam es in einem Gespräch heraus – hat er sehr viele positive, aber natürlich auch negative Erfahrungen mit Österreich und den Österreichern gemacht. Er erzählte mir von seiner Arbeit, seinem Leben und seiner Familie. Ich hatte den Eindruck, er fühle sich wohl in Österreich. Ich fragte ihn, ob Österreich seine zweite Heimat geworden war und ob er vorhabe, in Österreich zu bleiben. Schnell antwortete er: „Die Türkei ist und bleibt meine einzige Heimat."

Auch ein Gedicht des Wiener Dichters Franz Rauch[70], der aus beruflichen Gründen oft fern der Heimat weilte, zeugt vom Kampf mit einer zweiten Heimat, die – bis in den Tod hinein - doch nie zur zweiten Heimat wird:

Franz Rauch: Heimat!

Heimat, ein Wort welches kaum Bedeutung hat
solange man nicht in der Fremde weilt,
auch der weisen Alten erfahrener Rat
das Fernweh in dir niemals heilt.

Doch wenn du im fernen Lande
leben mußt einmal lange Zeit,
ziehen dich der Heimat Bande
unendlich an in Freud und Leid.

Wie quält dich die Erinnerung
an früher, an das Elternhaus,
als du noch unerfahren jung
doch glücklich warst einst zu Haus.

Deine Heimatstadt erscheint dir nun
wunderbar, reizvoll und so schön
im Traume würdest du auch Vieles tun
könntest du sie noch einmal sehen.
Du sprichst die Sprache jener Leute
mit Kopf und Mund fast schon perfekt
doch fehlt dir die Muttersprache heute
welche tief in deinem Herzen steckt.

Lieder deiner Heimat fallen dir oft ein
so sehr du dich bemühst, sie and'ren beizubringen
singst du sie doch stets nur allein
und wirst sie auch immer einsam singen.

70 Rauch, Franz: Heimat (ungedruckt): Franz Rauch schrieb dieses Gedicht für das Projekt „Zwischen den HeimatEn" im September 1999.

Suchst du der Heimat helle Sterne
nächtelang, dein ganzes Leben
glaube mir es werden hier in dieser Ferne
niemals die selben am Himmel stehen.

Bist du mit dem Tode einst vereint
schicken dir eine Handvoll Erde deine Lieben
auch wenn kein Freund dort um dich weint
wird neben dir im Grabe auch ein wenig Heimat liegen.

Im wesentlichen zeigen diese Beispiele, daß es, um über die Pluralität von Heimat überhaupt schreiben zu können, unabdingbar ist, eine nicht unerhebliche Kategorisierung vorzunehmen, nämlich jene in

- freiwillige und
- unfreiwillige Heimaten.

Freiwillig gewählt sind Heimaten dann, wenn man sich etwa aus beruflichen oder zwischenmenschlichen Motivationen heraus auf die Suche nach einer neuen Heimat macht. Diese pragmatischen Gründe liegen etwa bei Paulo Bitencourt und Roberson Marczak[71] vor, die Brasilien verlassen haben, um in Österreich zu studieren und zu arbeiten.

Unfreiwillige Heimaten liegen immer dann vor, wenn man aus seiner ersten Heimat vertrieben wurde oder flüchtete, weil es die Lebensumstände, wirtschaftliche

[71] Paulo Pitencourt und Roberson Marczak stammen aus Brasilien. Sie haben am Aktionstag „Zwischen den HeimatEn" am 3. September 1999 teilgenommen.

oder politische Gegebenheiten in der alten Heimat erforderten.

Unfreiwillige Heimaten können aber auch ganz anders motiviert sein. Eltern von Migrantinnen und Migranten der zweiten und dritten Generation schaffen für ihre Kinder – meist unbewußt – eine zweite Heimat, indem sie nur ihre eigene Heimat (also die Heimat der Eltern und Großeltern) als die wahre Heimat bezeichnen. Sie spiegeln ihren Kindern – meist unbewußt – ein Bild der Heimat vor, das nicht oder nicht mehr der Realität entspricht.

Die Herangehensweise von Migrantinnen und Migranten der zweiten und dritten Generation an die von den Eltern tradierte Heimat ist völlig unterschiedlich. Manche, vor allem Kinder und Jugendliche, schaffen es mühelos, mit zwei Heimaten zu leben. Sie sprechen mehrere Sprachen, kennen sowohl Landesbräuche, Sitten und Traditionen ihrer nunmehrigen (oder realen) Heimat und ihres Ursprungslandes und versuchen mitunter, der ihnen erzählten, der tradierten und mystifizierten (im Sinne von vorgespiegelten) Heimat einen annähernd gleichen Stellenwert einzuräumen wie der nunmehr realen.

Andere Menschen fühlen sich in ihrer realen Heimat vereinsamt, entwurzelt und wünschen nichts sehnlicher als in die Heimat der Eltern zurückzukehren. Ein weiteres Extrem sind jene Migranten, die die Urheimat – oft gerade aufgrund ihrer Mystifikation - gänzlich ablehnen und nur die neue Heimat anerkennen. Trotzdem tragen sie – sei es nun bewußt oder unbewußt – zwei Heimaten in sich.

Einer der mit zwei Heimaten oder doppelter Heimatlosigkeit[72] zu kämpfen hat, ist Tekin Sengül. Das Gefühl weder Deutscher noch Türke zu sein, veranlaßte ihn, am 31. Mai 1997 eine Erklärung ins Internet zu stellen:

Meine Heimat sind meine Überzeugungen[73]

Am 6. Mai 1997 habe ich es verweigert, bei der Ausländerbehörde Hamburg wieder einen Antrag auf Aufenthaltserlaubnis zu stellen. Da meine bisherige Aufenthaltserlaubnis an diesem Tag abgelaufen war, bin ich nun illegal in Deutschland. Trotz dieser rein rechtlichen Konsequenz entspricht diese mir zugewiesene Illegalität weder der Tatsache, daß ich nun schon **24 von 29 Lebensjahren in Deutschland** bin, noch ist sie dadurch zu rechtfertigen, es gäbe kein Interesse daran, daß ich in Deutschland bleibe. Ganz sicher ist mein Freundeskreis und ein breiter Bekanntenkreis daran interessiert, und ich vermag zu behaupten ein Teil der deutschen Gesellschaft, der gar nicht einmal etwas von meiner Existenz weiß, befürwortet mein Dasein hier, so wie ein Teil der Gesellschaft in dieser Angelegenheit noch unentschlossen wäre, sofern sie von meiner Illegalität erfahren würden. Bei diesem unentschlossenen Teil ist es mir wichtig, sie über meine Situation als Ausländer in Deutschland aufzuklären, von welcher ich behaupte, daß sie aus denselben Ursachen heraus entstanden, ähnlich ist der von anderen Ausländern, sich aber ganz gewiß im Einzelnen unterscheidet. Ich kann mich damit abfinden, daß ein Teil der deutschen Gesellschaft mit meinem Bleiben nicht einverstanden ist. Sollte es sogar die Mehrheit sein, wüßte ich dennoch, ich habe ein Recht in Deutschland zu bleiben und fordere hiermit auf, mein Recht, sowie

[72] Auf das Problem der Heimaten und doppelten Heimatlosikeit geht Verena Krawarik im letzten Abschnitt ihres Beitrages ein (S. 128f.).

[73] Sengül, Tekin: Meine Heimat sind meine Überzeugungen. In: http://tunix.is-bremen.de/arab/heimat.htm. Bisher ist es mir nicht gelungen, mit dem Verfasser der Erklärung Kontakt aufzunehmen. Die Hervorhebungen im Text stammen von mir.

dieses Recht auch für viele andere Ausländer Bestand hat, nicht anzutasten.

Im Laufe einer nun schon fünf Jahre andauernden Auseinandersetzung zwischen mir und der dem Ausländerbehörde/ Ausländerrecht **ergab sich immer wieder die Frage nach meiner Heimat**. Nie gab es von mir die Antwort, Deutschland wäre meine Heimat, noch ich würde mich als Deutscher fühlen. **Solange ich mich nicht hundertprozentig auf mein Recht, in Deutschland bleiben zu können, verlassen kann, wird Deutschland nie voll und ganz meine Heimat sein. Da ich noch nie einen Anhaltspunkt hatte für dieses Gefühl, Deutscher zu sein, weiß ich nichts von diesem Gefühl, sodaß ich auch nicht behaupten könnte, ich fühlte mich wie ein Deutscher. Aber ich weiß auch, daß mein Gefühl dafür, Türke zu sein, nicht anläßlich meiner ureigensten Überzeugungen geschehen ist, sondern dadurch, daß mir ein Leben lang der Verweis daraufhin, ich wäre Türke, vor die Nase gehalten wurde**. Genauso gilt dies für die 2. bis 3. Generation Gastarbeiterkindern, zu welchen ich gehöre, und es liegt in der Schuld der Hauptverantwortlichen, die, seien es nun als SPD oder CDU/CSU, wenn auch in unterschiedlicher Weise und in unterschiedlichem Grad der Verantwortung, der Realität und den Erfordernissen der Mitmenschlichkeit nicht gerecht wurden.

Mir wird häufig gesagt, ich solle in der Politik keine Menschlichkeit suchen. Kommt diese „Belehrung“ auch aus meinem engsten Freundeskreis, möchte ich diesem dennoch auf das Äußerste hin widersprechen: **Wo Menschen sind, werde ich immer nach Menschlichkeit suchen**. Denen, die mir banalen Idealismus vorwerfen, möchte ich sagen, sie haben meinen Idealismus nicht verstanden, weil mein Idealismus geht nie über die Möglichkeiten der Gesellschaft, so wie sie jetzt und heute ist, hinaus. Ich behaupte aber, daß die Möglichkeiten, welche die deutsche Gesellschaft jetzt und heute hat, nicht optimal genutzt werden, wobei dies durch eine permanente Angstmacherei als auch oberflächliche Desinformation behindert wird.

... **Meine Heimat, auf die ich mich immer verlassen kann, sind meine Überzeugungen, die ich überall mit hintragen kann**. Deshalb ist meine Heimat meine Überzeugungen. Und wenn Jesus, der im Islam als auch im Christentum als Verkünder von Gottes Wort anerkannt ist, nach dem ersten Schlag auf die Wange auch die andere feilbot, so tat er dies nicht mit der Hoffnung auf den Schmerz, den es zu ertragen gilt, so tat er es meiner Ansicht nach dafür, daß der Mensch, der ihn schlug, noch eine Gelegenheit erhält, um sich zu entscheiden, für die Liebe oder für den Haß. Die Situation erfordert Mut und Vorsicht, was ich Meinesgleichen als auch den Regierenden ans Herz legen möchte.

Meine Entscheidung, den Gang zur Ausländerbehörde zu verweigern, habe ich am 6. Mai 1996 getroffen. An diesem Tag erhielt ich eine Aufenthaltserlaubnis bis zum 6. Mai 1997. Für diese Bestätigung meines Rechtes habe ich vier Jahre lang gekämpft. Vier Jahre dafür, daß die Behörde eine Ausnahme macht und eine „fünf" im Gesetz gerade werden läßt, vier Jahre, in denen es mir verboten wurde zu arbeiten.

Wenn ich feststelle, meinen mir größtmöglichen Beitrag geleistet zu haben, dafür, daß die in der Verfassung genannte Unantastbarkeit der Würde des Menschen zur Kultur wird, zu welcher auch die Gleichberechtigung mindestens in Form der Chancengleichheit gehört, dann möchte ich gerne die deutsche Staatsbürgerschaft, um in gleichberechtigter Art und Weise beim Finanzamt, im Arbeitsamt, auf der Baubehörde oder in der KFZ-Zulassungsstelle einen Anhaltspunkt für das Gefühl des Deutsch-Seins zu erfahren.

Was kann man dem noch hinzufügen?

Bibliographie

Benedikt, Erich, Maria Hornung, Ernst Pacolt (Mit-Hg.): Österreichisches Wörterbuch, hg. im Auftrag des Bundesministerium für Unterricht und Kunst. 35., völlig neu bearbeitete und erweiterte Auflage. Wien 1979, 198

Bertelsmann Universallexikon. Bertelsmann Electronic Publishing [daher ist keine Seitenangabe möglich!]. Gütersloh, München 1994

Duden: Das Herkunftswörterbuch. Mannheim, Leipzig, Wien, Zürich 1994

Duden. Rechtschreibung der deutschen Sprache auf der Grundlage der neuen amtlichen Rechtschreibung (= Duden Band1), hg. v. d. Dudenredaktion. Mannheim, Leipzig, Wien, Zürich 1996

Fontane, Theodor: Herr von Ribbeck auf Ribbeck. Gedichte und Balladen. Ausgewählt von Gottfried Honnefelder. (= insel taschenbuch 1446). Frankfurt am Main und Leipzig, 1992, 18 - 21

Freund, Josef, Franz Jarolim, Ernst Pacolt: Kleines Österreichisches Wörterbuch. 1. Auflage, Nachdruck. Wien 1998

Microsoft Encarta 97 [daher ist keine Seitenangabe möglich!]. Microsoft Corporation 1993 - 1996

Nenning, Günther: „HEIMAT IST, WO WIR NOCH NIE WAREN". Eine europäische Ideenmusik. In: Beiträge zur historischen Sozialkunde 2/97

Nöbauer, Christina: Heimat. In: Die Bergbauern. Alternativen für den Bergraum. 100/101, Nov./Dez 1986, 25

Parin, Paul: Heimat, eine Plombe. Rede am 16. November 1994 beim 5. Symposion der Internationalen Erich Fried Gesellschaft für Literatur und Sprache in Wien zum Thema „Wieviel Heimat braucht der Mensch und wieviel Fremde verträgt er". Mit einem Essay von Peter-Paul Zahl. (= EVA-Reden, 21). Hamburg, 1996

Rauch, Franz: Heimat (ungedruckt)

Sengül, Tekin: Meine Heimat sind meine Überzeugungen. In: http://tunix.is-bremen.de/arab/heimat.htm.

Torberg, Friedrich: Eine tolle, tolle Zeit. Briefe und Dokumente aus den Jahren der Flucht 1938 – 1941. In: Gesammelte Werke. Bd. 18., hg. v. David Aymann, Marietta Torberg, München 1989

Susanne Marcini: WANDERNDE RÄUME

I. Heimat in Grenzen - Grenzen in der Heimat oder grenzenlose Heimat? Heimat als Raumkonstruktion

1. Heimat in weiteren und engeren räumlichen Definitionen

In der historischen Entwicklung hat der räumliche Begriff von Heimat eine Wandlung von der kleinstmöglichen räumlichen Einheit, dem Hausbesitz, zu immer größeren territorialen Gefügen durchgemacht. Einhergehend mit der Entwicklung des absolutistischen Staates wurde ein deutlich abstrakteres Identifikationsmuster als das häusliche oder regionale und überschaubare konstruiert. Der Raum wurde in Zentrum und Peripherie aufgegliedert, die Residenzstadt des Herrschers wurde zum magnetischen Mittelpunkt[74]. Für alle Länder der Habsburger Monarchie sollte Wien das unangefochtene Zentrum sein. Doch die abstrakte und doch so mächtige Präsenz eines solchen Zentrums

[74] Vor allem für den Adel war die Nähe zum Hof ein höchstrangiges, die Position in der Hierarchie untermauerndes, Kriterium. Man zog also nach Wien. Da die Stadt sich aufgrund ihrer mittelalterlichen Ummauerung aber nicht in die Breite entwickeln konnte, mußte aufgestockt werden: „Je mehr Menschen im engeren oder weiteren Gefolge des Hofes in der Stadt untergebracht werden mußten ... desto mehr vergrößerte sich die Zahl der Geschoße, bis auf vier und mehr." Zitiert nach: Bruckmüller Ernst, Sozialgeschichte Österreichs (Wien 1985), S. 235.

mußte zu Unzufriedenheit und Konkurrenz führen, wie die Geschichte von Großreichen zeigt. Vereint durch eine gemeinsame Sprache und eine ähnliche Freud- und Leidensgeschichte schlossen sich unterschiedliche Regionen zu größeren und stärkeren zusammen.

Ein vermeintliches Nationalgefühl ist es auch, das in bestimmten Krisensituationen oder kollektiv euphorischen Momenten, wie der Unabhängigkeitswerdung eines Staates, ein scheinbar unerschöpfliches emotionales Potential aufweisen kann. Aber in einer normalisierten politischen Situation machen sich recht rasch die regionalen Unterschiede wieder bemerkbar. Selbst bei föderativen Strukturen, wie denen im heutigen Österreich, kommt es immer wieder zu Differenzen zwischen Bund und Ländern.

In der Nachkriegszeit haben das Wirtschaftswunder und ein starker Fortschrittsglaube diese Differenzen, zumindest in raumplanerischer Hinsicht, vorübergehend beiseite gelegt.[75] Auf diese fortschrittsgläubige Einstellung, die wenig oder oft gar keine Rücksicht auf

[75] Was diesbezüglich Hermann Bausinger über das Verhalten der Bevölkerung in deutschen ländlichen Gebieten schreibt, kann durchaus auch auf Österreich übertragen werden: „Kunststoffverkleidungen breiten sich epidemisch über alte Dörfer aus; Glasbausteine und Asbestplatten drängen als modische Möglichkeiten die traditionellen Formen zurück; Beton wird nicht nur als zweckmäßig, sondern auch als schön verkauft; Straßen Erweiterungen werden zur Prestigefrage im kleinsten Weiler." Bausinger Hermann, „Heimat in einer offenen Gesellschaft" In: ed. Kelter Jochen, Die Ohnmacht der Gefühle. Heimat zwischen Wunsch und Wirklichkeit (1986), S. 93.

naturgegebene oder kulturell gewachsene Eigenheiten der Regionen nahm, folgt heute wieder eine größere Sensibilität. Man hat erkannt, daß – und an dieser Einstellungswandlung ist neben ökologischen Beweggründen vor allem der Tourismus maßgeblich beteiligt - die Wahrung und Hervorhebung des besonderen Charakters einer Region mit vielen Vorteilen verbunden ist.

Leider ist diese Betonung der regionalen Einzigartigkeit aber ein zweischneidiges Schwert. Nach der Abkehr vom „modernen Einheitsbrei“ werden an den kleineren, regionalen Identifikationsraum wieder verstärkt engere heimatliche Gefühle geknüpft. Dies wiederum bringt für viele Menschen die Angst vor Veränderungen und „Verfremdungen“ mit sich. Eine Werbung der FPÖ Wien verdeutlicht diese Angst und zeigt, daß sie bereits instrumentalisiert wird:

> „Die SPÖ sagt: Wien soll multikulturell werden. Daher hat die Bürgermeisterpartei auch knapp eine halbe Million Ausländer in unsere Stadt geholt. In weiten Teilen unserer Stadt ist mittlerweile ein Bild entstanden, das nicht mehr an Mitteleuropa, geschweige denn an Wien erinnert“[76].

Die FPÖ holt hier mit historisch unrichtigen Argumenten – denn, was immer multikulturell war, kann selbiges nicht werden - zum Schlag gegen den Islam und die Osterweiterungspläne der EU aus. Im Schlußsatz betont die FPÖ: *"Es geht um unsere Kinder, unsere Zukunft unsere Heimat!"* Diese Partei übersieht dabei allerdings, daß diese unsere Heimat immer schon durch die

---

[76] Bezirkszeitung – Stadtjournal, Nummer 3/ 1999.

Kulturen von Zuwanderern geprägt wurde. Neben sprachlichen, geistigen und kulinarischen Einflüssen machte sich eine neue kulturelle Prägung auch stets optisch bemerkbar. Andere Kleidung und neue architektonische Elemente wurden sichtbar. Vieles von dem, was gestern noch fremd war, betrachten wir heute stolz als unser großes kulturelles Erbe, welches manche glauben, vor verfremdenden Einflüssen bewahren zu müssen. In Wahrheit stehen wir damit aber dem kulturellen Erbe unserer Kinder und Kindeskinder im Weg.

A. Die Grenzen Europas?

Bis in die neunziger Jahre unseres Jahrhunderts verfügte Europa gemeinsam mit der „westlichen Welt" durch die Ost-West-Polarisierung über eine klar definierte Grenze. Diese war weniger geographisch nachvollziehbar, dafür aber um so fester in den Köpfen der Menschen verankert. Ganz gleich, welchem Kulturkreis ein Staat angehörte und wo auf diese Erde er sich befand, entscheidend war, ob er sich dem Osten oder dem Westen zugehörig fühlte.

Der Fall des Eisernen Vorhangs bedeutete für Europa, sich neu definieren zu müssen. David Morley und Kevin Robins gehen der Frage nach, wo Europa nun tatsächlich endet und welche mentale Grenze anstelle der alten gezogen würde. Sie mutmaßen, daß Religion ein neues Kriterium sein könnte:

> ... [T]hat what is implicit in much recent debate is, in fact, a rather ancient definition of Europe – as what used to be

> referred to as Christendom, to which Islam supplies to be the boundary[77].

In zahlreichen Medien ist der Islam in den letzten Jahren zunehmend zum Inbegriff des Fremden geworden, gegen das viele glauben, sich abgrenzen zu müssen. Dennoch wäre es eine starke Vereinfachung, diese Abgrenzung als gegeben anzunehmen. Wenn die Türkei heute anstrebt in die Europäische Union aufgenommen zu werden und diese bereit ist, einen Beitritt unter der Bedingung der Erfüllung spezifischer wirtschaftlicher und politischer Kriterien ernsthaft zu erwägen, so ist dies zumindest der erste Schritt eines Aufeinanderzugehens. Daß es große kulturelle Unterschiede zwischen der EU und der Türkei gibt, ist unbestritten, aber dennoch wohl kaum bedrohlich!

Was für die Region des Mittleren und Nahen Ostens eine sehr westliche Haltung ist, bedeutet nicht, daß sie auch in Mitteleuropa als solche empfunden werden kann. Die unterschiedliche Religion und Lebensweisen sorgen für reichlich Konfliktstoff vor allem in Wohnhäusern wo alteingesessene Wiener und Migranten Nachbarn geworden sind - oder es vielmehr werden sollten.

Auch die Osterweiterung ist eine sehr emotional geführte Debatte - zahlreiche Politiker und Medien warnen vor der Kriminalität aus dem Osten

---

77 Morley David and Kevin Robins, „No Place like *Heimat*: Images of Home(land) in European Culture In: Carter Erika, James Donald and Judith Squires, ed., Space and Place. Theories of Identity and Location (London 1993) S. 18.

(„Ostmafia") bzw. der Überschwemmung unseres Arbeitsmarktes mit Billigarbeitskräften aus dem Osten. (Nicht zuletzt deshalb bekommen die osteuropäischen Nachbarn die verschärfte Kontrolle an den im Schengener Abkommen definierten EU-Außengrenzen stark zu spüren.) Daß der Fall der Binnengrenzen bis dato nicht zu einem Exodus aus den südeuropäischen Mitgliedsstaaten geführt hat, lassen Gegner der Osterweiterung aber nicht als Argument gelten.

Europa ist also momentan damit beschäftigt, seine Binnen- und Außengrenzen neu zu definieren, um schließlich eine Heimat für alle Europäer zu werden. Es bleibt zu hoffen, daß die Entwicklung nicht in Richtung einer „Festung Europa" geht und daß sich das Europäer-Sein nicht über eine verengte geographische, sondern eine weltoffene Komponente definiert.

B. Heimat Welt?

Die abstrakteste Form der Heimat kann unter den Schlagwörtern Global Village und Global Community zusammengefaßt werden. Sie suggerieren den Menschen die „Heimat Welt".

Sich ständig verbessernde Verkehrsmittel haben die Welt insofern „kleiner" gemacht, als es jetzt möglich ist, in unglaublich kurzer Zeit - von welchem Ausgangsort auch immer - in die entferntesten Winkel der Welt zu gelangen. Internet, Funk und Mobiltelephon ermöglichen es zumindest theoretisch, jedem Menschen immer und überall erreichbar zu sein. Daß aber selbst an der Wende zu einem neuen Jahrtausend nur ein sehr geringer Prozentsatz der Weltbevölkerung die tatsächliche Möglichkeit hat, diese modernen Technologien zu nutzen, ist eine Tatsache, die oft in den Hintergrund gedrängt wird. Im Gespräch mit Kuki Savic, Dragan Mahjesko, Dejan Marinkovic und Boban[78] Baric wurde dies deutlich. Sie benützen zwar alle ein Handy, aber an eine Kommunikation via Internet mit ihren Verwandten und Bekannten in Serbien bzw. Kroatien ist momentan noch nicht zu denken. Für Michael Winkler und Roberson Marczak, die beide auch beruflich mit Computern zu tun haben, ist das Internet eine sehr willkommene Möglichkeit um, was beispielsweise die aktuellen Ereignisse (zum Beispiel Fußballergebnisse) in ihren Heimaten anbelangt, up to date zu bleiben.

Was die weltweit verbindende Funktion des Internets betrifft, sind unsere Gesprächsteilnehmer aber eher skeptisch. Erich Zeisl[79] zum Beispiel meint, daß man sich davor hüten solle zu glauben, daß sich Kulturen via Internet besser kennenlernen würden. Auch Peter Jungmayer[80] ist überzeugt, daß das Netz eher trügerische Hoffnungen weckt. Er meint, daß eher das Gegenteil eines Zusammenfindens stattfindet, da jeder nur noch vor dem Bildschirm sitzt und zwischenmenschliche Kontakte verlorengehen.

---

78 Kuki Savic, Dragan Majhesko, Dejan Marinkovic und Boban Baric nahmen am 16. September 1999 an einem Gesprächskreis im Vereinslokal des Vereins Z&SAM teil.

79 Erich Zeisl, Teilnehmer am Aktionstag, 3. September 1999.

80 Peter Jungmayer, Teilnehmer am Aktionstag, 3. September 1999.

C. Zusammenfassende Bemerkung

Aus diesen Betrachtungen geht deutlich hervor, daß die private Heimat - deren Reichweite maximal die Region einschließt, in der man lebt[81] - immer in einem Wechselspiel von weiteren territorialen Verbindungen steht. Sie steht daher auch immer in einem Spannungsfeld zwischen dem Bestreben, Vertrautes zu erhalten und Neues zu verarbeiten bzw. zu integrieren.

2. Stadt versus Land

An dieser Stelle scheint es angebracht, einen kleinen Exkurs über die äußerst unterschiedlichen Lebensräume[82] Stadt und Land einzufügen. Die Stadt ist ein Magnet für MigrantInnen und auch für Pendler aus ländlichen Gebieten. Die weitverflochtenen wirtschaftlichen Strukturen und auch das breite kulturelle Angebot machen sie für viele attraktiv. Manche zieht es aber auch aufs Land, weil sie dort eine bessere Lebensqualität erreichen und innerlich mehr zur Ruhe kommen können:

> „ ... hier in Wien erlebt man auch viele Menschen aus anderen Gegenden auch aus anderen Ländern. Es ist hier also der Treff zwischen verschiedenen Ländern größer. Brasilien ist so ... es gibt auch sehr viele Ausländer, aber es

[81] Selbst wenn man eine oder mehrere neue Heimaten hat, so sind diese territorial auf einen relativ kleinen Raum beschränkt, da die individuelle Vorstellungskraft sich an abstraktere Gefüge nicht so eng binden kann.

[82] Der Begriff Lebensraum versteht sich in diesem Beitrag als ein Zusammenspiel von Sprache/Symbolik, Kultur und physischem Raum.

> ist ein großes Land und es verschwindet ein bißchen. Das ist nicht so wie hier, daß man hier so oft Menschen trifft aus Asien, aus anderen Ländern in Europa, und dieser Kontakt und natürlich auch mit den Menschen aus Wien hat mich verändert."[83]
> Linz - Wien: „Ich hab mir immer gedacht, ich weiß nicht, also, daß ist dann doch irgendwie ganz was anderes. Linz ist doch ...das ist aber auch irgendwie ein Vorurteil, wenn man dann dort ist, sieht man, daß die durchaus auch ganz a schönes kulturelles Angebot haben, aber irgendwie hab i mir immer gedacht – na - das ist ein Abstieg ... von einer Metropole zu gehen in eine Kleinstadt. Na es ist dann eh nichts geworden ... es wär mir furchtbar schwer gefallen, dieses Massenangebot an Kultur irgendwie hinter mir zu lassen und halt nur dem Herzen folgend, woanders hinzugehen, wo mir das sicher gefehlt hätte."[84]

> „Eigentlich habe ich mehrere Heimaten, denn obwohl ich in Wien geboren bin, fühle ich mich in den Bergen von Oberösterreich oder überhaupt im Gebirge, bei Seen und in der Natur viel wohler als in der Stadt. Schottland ist auch meine Heimat, denn dort fühle ich mich freier, gelöster und viel friedfertiger als in meiner Geburtsstadt. Heimat ist dort, wo ich mich wohl fühle, dort wo ich mich zu Hause fühle!"[85]

Für die Teilnehmer des Projektes ist der Unterschied zwischen Stadt und Land in Österreich oft größer als zwischen einzelnen Großstädten der Welt. Von MigrantInnen, die aus ländlichen Gebieten stammen, wird diese Diskrepanz oft noch viel stärker empfunden. Diesbezügliche Erfahrungen werden von Kurt Kemal so beschrieben:

---

[83] Paulo Bitencourt, Teilnehmer am Aktionstag, 3. September 1999

[84] Peter Jungmayer

[85] Ingrid Krawarik, Teilnehmerin am Aktionstag, 3. September 1999.

> „In der neuen Stadt galt es als erstes, sich eine neue Sprache zu erschließen. Eine Sprache, die zu der Stadt mit den Mauern paßte. Die Sprache. Die Stadt. Die Mauern. Die Stadt. Ihre Straßen. Ihre Türen. Die Stadt mit den vielen Mauern und den vielen Türen. Nie gingen die Türen auf. Nie sagte jemand etwas.“[86]

Die freien Entfaltungsmöglichkeiten und die Anonymität der Großstadt Wien ist für den einen angestrebtes Ziel, für den anderen ein Alptraum. Die Erfahrungen von MigrantInnen ähneln jenen von österreichischen ProjektteilnehmerInnen und StudentInnen aus ländlichen Gebieten, die nur wegen des Studiums nach Wien gekommen sind.

Einer der Teilnehmer am Aktionstag, Michael Winkler[87], meint, er habe bereits mit fünf Jahren gewußt, daß er in seinem „Bauernkaff“ nicht bleiben will. Er hält es nie lange an einem Ort aus und fühlt sich auch nach einer Woche in New York zu Hause.

Tamara Loitfellner schreibt hingegen, daß sie, obwohl sie schon lange in Wien lebt, noch immer dort „draußen“ (Salzburg) ihre Heimat fühlt.

Mitunter äußert sich das zweigeteilte Empfinden auch im unterschiedlichen Gebrauch von Wörtern, die normalerweise als Synonyme verwendet werden. So

---

[86] Kemal Kurt, Was ist die Mehrzahl von Heimat? (Reinbeck bei Hamburg 1995), S. 97.

[87] Michael Winkler, Teilnehmer am Aktionstag, 3. September 1999.

bedeutet dann „nach Hause fahren“ etwas anderes als „Heimfahren“.

> „Ich stamme aus meiner Kindheit wie aus einem Land...“
> (Antoine de Saint-Exupéry)[88]

Der Lebensraum, in dem wir unsere Kindheit verbringen, prägt uns maßgeblich. Wir sind sowohl mit Sprache und Symbolik als auch mit den physischen Gegebenheiten der Umgebung vertraut. Während wir aufwachsen, verändert sich dieser Lebensraum und wir verändern uns mit ihm. Durch neue Technologien, verbesserte Verkehrsverbindungen und die weltweite Vernetzung beschleunigt sich der Prozeß der Veränderung und setzt uns großem Anpassungsstreß aus. Vieles verändert sich so schnell, daß Menschen Angst haben, im Laufe ihres Lebens ihre Heimat, das heißt die Heimat ihrer Kindheit, nicht wiederzuerkennen. Andere wiederum laufen der Veränderung nach, halten sie für ungeheuer spannend und sind neugierig. Sie suchen die Fremde, empfinden sie nicht als un*heimlich*.

Angst, die zum Beharren auf dem Status quo verleitet, bringt den Ängstlichen in eine ausweglose Situation. Die Veränderung, auch wenn sie sich in früheren Jahrhunderten etwas langsamer vollzog, ist eine der menschlichen Seele innewohnende Notwendigkeit. Das, was einmal war, begleitet uns in unseren Herzen, wird mit der Zeit aber in den Hintergrund gedrängt.

---

[88] Sartory Gertrude, ed., Antoine de Saint-Exupéry. Man sieht nur mit dem Herzen gut. Ausgewählt und eingeleitet von Oswald von Nostitz [6] (Freiburg, 1991), S. 21.

Salman Rushdie nennt die Vergangenheit ein Land, aus dem wir alle emigriert sind:

> „It may be argued that the past is a country, from which we have all emigrated, that its loss is part of our common humanity.“ [89]

Den Veränderungen in unserem Leben müssen wir uns stellen. Ein Individuum sammelt im Laufe seines Lebens Erfahrungen und wird immer wieder mit Situationen und Wendepunkten konfrontiert, an denen es sich orientieren muß. Die Gesellschaft ist das Produkt all dieser unendlichen individuellen Möglichkeiten, und sie gibt gleichzeitig bestimmte Wert- und Verhaltens-Kodizes vor, die das Zusammenspiel von Individuen und Gruppen ermöglichen. Sie wird vor zahlreiche Situationen gestellt, mit denen sie umzugehen lernen muß. Eine dieser Situationen ist der Umgang mit anderen Kulturen und Gesellschaftsformen, die sich in ihrem Lebensraum angesiedelt haben. Die Veränderung des Raumes ist sowohl für den statischen Beobachter, der sieht, wie sich das Bild seiner Heimat durch den Einfluß anderer Kulturen verändert, als auch für MigrantInnen, die sich durch den Wechsel des Landes mit der enormen Veränderung ihres gewohnten Lebensraumes auseinandersetzen müssen, spürbar und verlangt die Fähigkeit und den Willen, sich zu verändern, sich mit dem Neuen auseinanderzusetzen. Deshalb muß Integration auch als ein gegenseitiges Aufeinander-Zugehen verstanden werden. Im allgemeinen

[89] Rushdie Salman, Imaginary Homelands. Essays and Criticism 1981-1991 (Harmondsworth 1991), S. 12.

wird Integration aber immer noch mit Assimilation verwechselt, was bedeutet, MigrantInnen sollen so wenig wie möglich auffallen, damit sich die ortsansässige Bevölkerung möglichst wenig mit ihnen befassen muß. Öffnen sich die Gruppen einander nicht, so entsteht aber mit der Zeit ein unhaltbarer Zustand. Für die heutige mobile Gesellschaft gilt aber, was auch für die Berufsbildung eines jeden Einzelnen gilt: Lebenslanges Lernen und Flexibilität sind die Voraussetzungen, aktiv in der Gesellschaft mitwirken zu können.

Während der Ortsansässige sich eventuell mit der Veränderung des Ortsbildes neu vertraut machen muß, stehen MigrantInnen meist einer völlig neuen Umgebung gegenüber. Eine Umgebung, die dem Lebensraum der Kindheit ähnelt, kann nur eine Hilfe sein, aufgrund derer man sich etwas leichter in der neuen Heimat zurechtfindet. Erzebeth Nagy erzählt, daß sie sich am Neusiedlersee von Anfang an mehr zu Hause fühlte als in Budapest, da sie am Plattensee aufgewachsen ist, einer Landschaft die dem Burgenland sehr ähnelt. Heimweh hat sie in Österreich nie verspürt. Das liegt aber nicht nur an der Ähnlichkeit der Landschaft, sondern vor allem auch an Frau Nagys Bemühungen, sich in die Ortsgemeinschaft zu integrieren, indem sie zum Beispiel dem Chor von Bruck-Neudorf beitrat.

Auch Paulo Bitencourt sieht die Notwendigkeit, sich zu integrieren und ist der Überzeugung, daß man als „Fremdkörper" in einem Land nicht leben kann, ohne völlig desillusioniert zu werden.

> „Ich glaube, ich habe ein abenteuerliches Temperament ... ich wage vielleicht etwas, und als ich nach Europa kam, da

hatte ich wirklich Lust, etwas Neues zu sehen. Ich wollte das. Ich war offen, und ich wollte auch eine neue Sprache lernen usw. – ja - und ich habe hier auch bis heute noch ganz wenige Kontakte mit Menschen aus meinem Land ... und dadurch konnte ich mich besser, sozusagen, mit der neuen Sprache, mit der neuen Mentalität beschäftigen. Also ich habe nicht in einer Kommune gelebt, sagen wir, so von Ausländern, oder von Brasilianern. Ich habe gleich am Anfang bei einer österreichischen Familie gelebt, und da habe ich dann natürlich auch schon die Gewohnheiten gelernt - sehr schnell - und die Ausdrücke und die Sprache usw. ...es war nicht leicht, es war eine Herausforderung und das ist vielleicht das, was ich mag, also, wenn ich sehe ... ich will das lernen... es gibt Menschen, die hierher kommen mit anderen Interessen, vielleicht wollen sie - vielleicht - sie glauben, daß sie hier vielleicht viel Geld machen können oder daß sie arbeiten - allein nur das – ja - und dann werden sie sehr schnell enttäuscht, weil es nicht so ist. Es ist nicht mehr so wie früher vielleicht in den 70er Jahren oder so, es ist nicht mehr so, daß man jetzt einfach so daherkommt und diese Leute .... es gibt wirklich Menschen die keine Lust haben, sich zu integrieren – ja - die kommen da her so als Fremdkörper, und so wollen sie bleiben ... und dann gehen sie wieder weg, weil das nicht geht ...“[90]

Ein Ortswechsel und/oder die Veränderung unseres Lebensraumes fordert, wie auch die Aussagen von Erzebeth Nagy und Paulo Bitencourt zeigen, dazu auf, sich aktiv an der Kommunikation in der neuen Umgebung zu beteiligen.

90 Paulo Bitencourt.

3. Kommunikation im Raum

Wenn Einheimische und Zuwanderer jeweils unter sich bleiben, entsteht ein segmentiertes Gesellschaftsbild. Denn es kommen ja nicht einfach nur die „Ausländer", sondern Menschen aus völlig verschiedenen Kulturen, die teilweise nicht bereit sind, sich gegenseitig zu respektieren. Kuki Savic erzählt uns, daß es häufig eine starke Gruppenbildung gibt, fügt jedoch hinzu:

> „...aber im neunten [Bezirk] ist das anders, spielt sich das anders ab... es ist wurscht, wer Kroate, Serbe, Türke, Albaner ist: bei uns halten alle z'sam."[91]

Er meint, sie seien auch alle miteinander aufgewachsen, waren in derselben Schule, leben im selben Bezirk. Weiters ist das auch der Verdienst des Vereins Z&SAM, der als Parkbetreuung anfing und nun ein wunderbares Jugend- und Beratungszentrum für den neunten Bezirk ist. Durch das Engagement seiner Mitarbeiter wurde es den Jugendlichen erleichtert, aufeinander zuzugehen und Freude am Miteinander zu entdecken. Diese Atmosphäre konnten wir deutlich spüren, als wir unser Gespräch mit Boban, Dejan, Dragan und Kuki führten, wenngleich es auch hier zahlreiche Probleme gibt. Was hier aber vor allem auch gepflegt wird, ist eine Gesprächskultur, die das gegenseitige Verständnis fördert.

Dies zeigt uns, daß sich Orte durch Kommunikation verändern können. Ein Ort ist also nicht nur eine physi-

---

[91] Kuki Savic

sche Gegebenheit, sondern auch das Produkt der Menschen, die dort leben. Wenn jemand in eine neue Stadt kommt, findet er sich oft nicht nur deshalb nicht zurecht, weil er sich räumlich noch nicht so gut orientieren kann, sondern auch deshalb, weil er die Verhaltensregeln nicht kennt. Sue Clifford und Angela King erinnern uns daran, daß

> „[w]e sometimes forget that ours is a cultural landscape. It is our great creation: underpined by nature, it is a physical thing and an invisible web."[92]

Gerade in der Zeit des Kolonialismus, als erstmals in der Weltgeschichte bisher geographisch komplett voneinander isolierte Länder miteinander in Kontakt traten, wurde das deutlich. Die Kolonialherren brachten ihre Kultur und ihre Sprache mit und versuchten sie der ‚neuen Welt' überzustülpen. Trotz der Stärke ihres Einflusses mußten auch sie der Tatsache ins Auge sehen, daß das nur bedingt möglich ist. Ohne die ortsansässige Kultur zu kennen, wird ein Ort immer bis zu einem gewissen Grad unverständlich bleiben.

Kein Wunder also, daß sich der post-koloniale Diskurs intensiv mit dem Phänomen der gesellschaftlich bedingten Veränderung räumlicher Strukturen auseinandersetzt. Aus diesem Wissenschaftszweig ist die

---

[92] Cliford Sue and Angela King, eds., Local Distinctiveness. Place, Particularity and Identity. Essays for a conference, September 28th 1993 (London 1993), S. 7. „Wir vergessen manchmal, daß unsere Landschaft eine kulturelle Landschaft ist. Sie ist unsere großartige Schöpfung: Mit der Natur als Fundament ist sie eine physische Gegebenheit und ein unsichtbares Netz" (Übersetzung der Verfasserin)

Behauptung „Place is a discourse in process“[93] - was bedeutet, daß Raum/Ort ein sich ständig wandelnder Diskurs ist - entlehnt.

Der Diskurs über das Zusammenwachsen von Europa zeigt dies ganz deutlich. Marzanna Danek-Hnelozub[94] gibt im Gespräch mit uns der Hoffnung Ausdruck, daß man sich eines Tages nicht mehr Pole oder Österreicher, sondern Europäer nennen wird. Bedenkt man die bereits oben angesprochenen, hitzigen Diskussionen zur Osterweiterung, so kann man annehmen, daß es noch sehr lange dauern wird, bis diese Hoffnung in Erfüllung geht.

Treffen verschiedene Kulturen aufeinander, wird ein Ort neu definiert. Paulo Bitencourt und Roberson Marczak[95] erzählen, daß sie ihre Erfahrung, mit zwei Heimaten - Österreich und Brasilien - zu leben, auch stolz macht, weil sie sehen, daß sie in jedem der beiden Länder etwas Neues einbringen können.

> „Ich kann ein Instrument sein, zumindest hab' ich diese Idee jetzt, was kann ich Gutes bringen, was kann ich Gutes dalassen ...“[96]
> „Es ist nicht so, daß man sich so als Botschafter fühlt, es ist keine religiöse ... egal, aber man bleibt ein bißchen so wie man vorher war ...man versucht zu filtern, was gut ist,

93 Ashcroft Bill, Gareth Griffith and Helen Tiffin, eds., The Post-Colonial Studies Reader (London 1995), S. 391.

94 Marzanna Danek-Hnelozub, Teilnehmerin am Aktionstag, 3. September, 1999.

95 Roberson Marczak, Teilnehmer am Aktionstages, 3. September 1999.

96 Roberson Marczak

> und, irgendwie, manchmal fühle ich mich erfüllt – ja - also unabhängig. Niemand hat mich darum gebeten, aber irgendwie versuche ich, wenn ich kann, wenn ich weiß ... in manchen Situationen kann ich vielleicht die Dinge hier locker machen; vielleicht fühlen sich die Menschen besser so, vielleicht ... entspannter. Dann mach' ich das schon wissend, daß das von dort kommt also von der anderen Art zu denken, irgendwie, es ist ein Hin und Her."[97]

Nicht ohne Berechtigung fragt Peter Jungmayer, ob die Menschen in Brasilien ihre Bemühungen annehmen oder sie als „Verräter" bezeichnen. Wie das Beispiel Salman Rushdies zeigt, wird vielen MigrantInnen zum Vorwurf gemacht, daß ihr Wissen von der eigenen Kultur durch das Leben in der Fremde verwässert wurde und sie dadurch keine volle Berechtigung mehr hätten, über diese etwas zu sagen oder gar zu schreiben. Paulo und Roberson berichten aber von durchwegs positiven Erfahrungen.

Interessant in diesem Zusammenhang ist auch die Situation im afrikanischen Lokal „Sagya", über das uns Hakim Ali Seif Eldin[98] berichtet. Hier arbeiten Afrikaner aus allen Teilen des Kontinents zusammen, die sich erst hier in Wien kennengelernt haben. Jeder von ihnen bringt seinen Teil Afrikas in das kulturelle Profil des Lokals ein. Das beginnt bei der interafrikanischen Speisekarte und geht bis zur Gestaltung des kulturellen Programmes (Lesungen, Events, ...). *„Ja"*, meint Hakim Ali, *„manchmal hätten sie schon Probleme, aber dann würden sie darüber reden"*. Er erklärt auch, daß dieses

---

[97] Paulo Bitencourt

[98] Hakim Ali Seif Eldin gab uns am 15. September 1999 ein Interview.

Lokal für ihn ein Stückchen Heimat ist. Sehr zum Mißfallen seiner Frau ist es für ihn sogar mehr Heimat als die Wohnung, da er die meiste Zeit des Tages dort verbringt.

Der Austausch zwischen den Kulturen verändert aber nicht nur die Ansichten und die Gefühle der Menschen. Als sichtbarer Ausdruck dieses Austausches kann auch der Raum sich langsam verändern. Paulo schildert, wie er seinen Eltern erzählt, was er hier in Europa gesehen hat und wie sie viele Dinge von ihm annehmen:

> „Bei meinen Eltern ist es schon so, daß ich merke, weil es ist, es ist auch so, daß, sagen wir, vielleicht die Leute, die mehr Geld haben, sie können besser wohnen, haben ein besseres Haus und so weiter aber, sagen wir so die Masse, die leben eher ganz normal, ... und sie haben den Geschmack nicht entwickelt, vielleicht aus einem einfachen Haus, klein aber trotzdem ... vielleicht [es] noch schöner zu machen vielleicht mit Blumen oder vielleicht einem Bild an der Wand oder so und das war bei meinen Eltern genauso. Ja sie haben das einfach nicht gekannt, nicht gewußt, daß man vielleicht auch ein besseres Licht machen kann ... oder einen Garten hinten, weil wir haben den Grund ... aber es wird ... bei uns nicht wirklich geschätzt, weil es kostet nicht so viel wie hier. Jedes Haus hat einen kleinen Grund hinter dem Haus und dann, ich habe angefangen, jetzt immer wieder, wenn ich hingehe, sage ich etwas, und ich sage, das könnte so sein oder vielleicht diese Farbe oder vielleicht und.. ich merke, daß sie das immer wieder annehmen mehr und mehr, weil ich denke, also ich sage ihnen dort: „Wißt ihr, was das für ein Schatz ist, also, die Menschen in Europa leben in Wohnungen und das ist klein, und sie würden so froh sein, wenn sie nur ein bißchen Erde hätten wo sie Blumen pflanzen könnten. Und ihr habt das hier, und ihr macht nichts daraus. Na macht einen schönen Garten hier. Und jetzt hat dann meine Mutter angefangen, die Sachen zu ordnen dort; die Bäume

> oder die Pflanzen auch, daß man gehen kann dort vielleicht auch liegen kann oder so. Das ist neu, das hab ich hier auch gelernt, daß man z.B. die Sonne genießt ... weil dort ist [sie] so selbstverständlich ja, also es gibt so viel Sonne usw. aber die Menschen hier nützen das aus, weil es weniger gibt davon, also sie gehen in einen Park und sie liegen auf der Wiese und sie lesen ein Buch dort oder so und das wird bei uns noch nicht geschätzt, ja, so in diesem Maße, und ich versuch' es ihnen dort auch sanft beizubringen, daß es auch diese Sachen ... daß sie auch sehr schön sein können."[99]

Einzelne Migranten wie Paulo oder Roberson bringen neue Sichtweisen in den Lebensraum ihrer Familien und Freunde. Migrieren größere Gruppen, so kann die Raumgestaltung eines Ortes sogar maßgeblich verändert werden.[100]

II. Raum aus verschiedenen Perspektiven

Gerhard Hoffmann teilt den Raum in Anschauungsraum, gestimmten Raum und Aktionsraum ein[101]. Der Anschauungsraum ist dem Betrachter fern. Er kann bedrohlich oder lockend wirken:

> Der Betrachter bewegt sich im Raum, um nach Verdecktem, noch Unentdecktem, Lockendem und Drohendem zu forschen. Seine Bewegungen werden durch Wissensdrang

---

[99] Paulo Bitencourt

[100] Man denke nur an die koloniale Bauweise.

[101] Hoffman Gerhard, Raum, Situation und erzählte Wirklichkeit. Poetologische und historische Studien zum englischen und amerikanischen Roman (Stuttgart 1978), S. 55-93. Hoffmanns Model wurde zwar für die Analyse von Romanen konzipiert, läßt sich aber durchaus auch in der außer-literarischen Realität sinnvoll zu Zwecken der Raumbetrachtung anwenden.

> oder Neugier motiviert, und indem der Raum der Verrätselung unterliegt, wird er zum Ausgangspunkt, bzw. zum Gegenstand der *Detektion*[102].

Emotional und auch räumlich nahe ist dem Individuum der gestimmte Raum. Er widerspiegelt die subjektiven Eindrücke der Person. Als Aktionsraum bezeichnet Hoffmann einen Raum, in dem einem Individuum die Dinge zu Handen sind. Anders ausgedrückt, es findet sich in diesem Raum zurecht, kann sich und den Raum gestalten, da die dazu nötigen Bedingungen im Raum vorhanden sind. Das Verhältnis zwischen Raum und Person ist ein funktionales. Weiters ist anzumerken, daß die Grenzen zwischen diesen Raumkategorien oft fließend sind.

Im folgenden Abschnitt sollen diese Raumkategorien an Aussagen von Teilnehmern des Projektes „Zwischen den HeimatEn" und einigen ausgewählten Textstellen illustriert werden.

1. Gestimmter Raum

Je nachdem, ob ein Mensch freiwillig oder mehr oder weniger erzwungenermaßen seine Heimat verläßt, wird er sowohl die alte Heimat, als auch das neue Land mit sehr unterschiedlichen Augen betrachten. Das Exil ist, zumindest anfangs, grau und kalt. Die Erinnerungen an die alte Heimat sind schmerzvoll, stimmen melancholisch und vielleicht auch sentimental. Geht jemand aus Neugier, so präsentiert sich das neue Land

---

102 Hoffmann, Raum, Situation, S. 92.

eher in einer sehr bunten Art und steckt voller interessanter Möglichkeiten.

Aber auch die vertraute Heimat kann über Nacht zu einem Ort werden an dem man ausgeschlossen ist. Nach dem Anschluß Österreichs an das Deutsche Reich 1938 war der öffentliche Raum mit Symbolen besetzt, die u.a. Juden ausschlossen. Auch die gemeinsame Muttersprache wandte sich, noch offener und aggressiver als zuvor, gegen Juden. Anna Rattner schildert wie am Tag des Anschlusses die Menschen am Praterstern beglückt aus vollem Halse schrieen: *„Heil Hitler, Juda verrecke – endlich haben wir unser Ziel erreicht"*. Aber auch die Sprache in Form von Symbolen ließ keinen Zweifel an dem Deutschenthusiasmus der Österreicher zu:

> „Alle Fenster waren plötzlich in dieser kurzen Zeit mit Hakenkreuzfahnen beflaggt, die Menschen schwangen die Fahnen in den Lüften und wir wunderten uns nur mit Entsetzen, wie alles eigentlich so schnell vorbereitet werden konnte. Ist es möglich, daß niemand davon wußte? Ich denke eher, man hat uns stillschweigend verkauft"[103].

Dieses Zitat Anna Rattners ist ein intensives Beispiel für gestimmten Raum. Die wehenden Fahnen, die haßerfüllten Schreie – die ganze Atmosphäre dringt tief in Anna Rattners Bewußtsein ein. Sie spürt, was sie tief in ihrem Herzen verwundet haben muß, daß sie aus diesem, einst so vertrauten Raum nunmehr

[103] Embacher Helga, ed., Anna Rattner, Lola Blonder. 1938 – Zuflucht Palästina. Zwei Frauen berichten Aus: Turner Erika, ed., „Erinnerungen aus Verfolgung und Widerstand 1938-1945" In: Weinzierl, Erika et al., eds., Materialien zur Zeitgeschichte (Wien 1989), S.26f.

ausgeschlossen ist, daß sie sich nicht mehr als ein Teil von diesem betrachten darf. Der gestimmte Raum geht aber auch gleichzeitig in einen Anschauungsraum über, der bedrohlich ist und dem sie sich nicht mehr nahe und verbunden fühlt. Was Wien zu ihrer Heimat gemacht hat, vermag der von diesen Symbolen und dieser haßerfüllten Sprache durchsetzte Raum nicht mehr auszudrücken.

Wilgerd Nagy, der wie Anna Rattner aus seiner Heimat vertrieben wurde, findet keine Brücke mehr zur Heimat seiner Kindheit. Als er nach sechzehn Jahren wieder nach Rumänien fährt, empfindet er das Haus seiner Großeltern als kalt. Die Häuser seiner Verwandten und Bekannten sind für ihn nur leere Hüllen. Wilgerd Nagys Heimat ist Österreich. Die Reise nach Rumänien und die Kälte, die der Raum dort seinem Empfinden nach ausstrahlt, hat ihm den Schnitt in seinem Leben umso deutlicher ins Bewußtsein gebracht.

2. Anschauungsraum

Von der Ferne betrachtet, kann ein Land romantisiert werden. Es erscheint als Paradies. Die Menschen werden als besonders liebenswürdig, schön oder wunderbar einfach dargestellt und die Landschaft ist weich, üppig und voller Farben. Für europäische Schriftsteller war Italien sehr oft der Inbegriff eines solchen Landes. Man denke nur an Goethes Mignon:

> Kennst du das Land, wo die Zitronen blühn,
> Im dunkeln Laub die Gold-Orangen glühn,
> Kennst du es wohl?
> Dahin! Dahin!
> Will ich mit dir, o mein Geliebter ziehn!

Was in der Dichtung Nahrung für die Seele ist, kann in der Realität nur von einem Reisenden oder einem daheimgebliebenen Träumer so empfunden werden. Michael Reisner begründet das so:

> „Heimat ist ein Ort, ein Land, ein Zugehörigkeitsgefühl. Heimat ist ein Hemmschuh für Reisen. Ich kann mich woanders nicht ganz öffnen, weil ich wieder zurück muß."[104]

Dieses Gefühl kann einem aber auch in seiner ursprünglichen Heimat begegnen. Kehrt man, so wie Paulo, regelmäßig in seine alte Heimat zurück, so bekommt man einen neuen Blickwinkel:

> „Brasilien erlebe ich immer mehr ... mit anderen Augen wenn ich dorthin fliege. Es ist für mich selber schön und bunt und die Natur üppig, und es sind Sachen, die ich selber dort nicht gesehen habe, als ich dort gelebt habe. Jetzt erlebe ich mein eigenes Land mit viel besseren Augen ... und ich sehe mehr die Schätze und die schönen Sachen, selbst einfache Blumen, die ich erst heute sehe und ich denke: "Was sind das für wunderbare Pflanzen!" Und die waren aber schon immer dort und ich habe ... aber nie gesehen, daß es sie gab, nicht war, und das ist auch sehr schön, daß man die Möglichkeit hat, das eigene Land anders zu sehen und vielleicht sogar besser zu schätzen, besser zu mögen mehr zu mögen sogar."[105]

Es ist unübersehbar, daß Paulos Eindrücke denen von Goethe sehr ähneln. Es ist eine Gradwanderung zwischen Verklärung und tieferer, innigerer Wahrnehmung. Beides sind Phänomene, welche die Distanz mit

---

104 Michael Reisner, Teilnehmer am Aktionstag, 3. September 1999.

105 Paulo Bitencourt

sich bringt. Paulo ist sich aber auch bewußt, daß er Brasilien mittlerweile auch als außenstehender Gast betrachtet:

> „Brasilien ist nur noch ... Urlaubsziel für mich und meine Eltern wohnen dort, meine Brüder, und es ist ein wunderschönes Land keine Frage usw., und ich mag sehr gern dorthin fahren und selbst dort Erkundungen machen, das Land kennenlerne, weil es ist so – ja - und ich möchte immer wieder neue Sachen dort entdecken, aber es hat mir gefehlt – ja - ... die Beschäftigung mit dem Alltag, also mit den Dingen, weil ich dort nichts mehr hab. ...Das ist nur noch Urlaub und irgendwann wird's langweilig, wenn du länger dort bist als einen Monat, oder zwei. Das ist für euch vielleicht etwas anderes, weil ihr das Land nicht kennt und es ist wirklich sehr schön, aber dann - es fehlt, daß man wieder in den Alltag kommt und die Sachen erledigt, die man normalerweise machen muß."[106]

„Heimathaben" heißt also auch, einen Alltag haben. An diesem Punkt treffen sich die oben zitierte Aussage Michael Reisners und Paulos Aussagen. Man kann sich nicht ganz öffnen, wenn der Alltag woanders ist. Nur wer in diesem Land dann tatsächlich lebt, die Menschen mit all ihren wunderbaren Seiten und auch ihren Schwächen kennenlernt (beides sind internationale, menschliche Eigenschaften) und lieben und akzeptieren lernt, kann sagen, daß dieses Land ihm zur Heimat geworden ist. Sich einen Alltag aufbauen heißt aber auch, gezwungen zu sein, die rosarote Brille abzunehmen und die Menschen und Dinge lieben zu lernen, wie sie tatsächlich sind. Erich Zeisls Betrachtungen bekräftigen das:

---

[106] Paulo Bitencourt

> „Ich glaube, das einzige was Chance hat, ist ein ganz altes Rezept, nämlich, daß man versucht Leute ..., das klingt jetzt schon so abgetragen, daß ich mich das fast nicht sagen trau', Leute einfach zu Eigenständigkeit, Verantwortung und sozialem Mitgefühl zu erziehen. Ich glaube erst wenn das funktioniert, dann hat man auch mehr Akzeptanz, das Fremde zu verstehen und auch darauf zuzugehen. Über eine Faszination zur anderen Kultur sich nur dem zu nähern halt ich für rundweg falsch und glaube auch, daß das in den wenigsten Fällen funktioniert."[107]

Das Gegenteil von Romantisierung, nämlich das Empfinden der Fremde als Bedrohung, ist vielleicht sogar ein noch häufigeres Phänomen. Es kann in zwei Richtungen wirken. Die einen haben Angst, in die Fremde gehen zu müssen und die anderen haben Angst, daß die Fremde zu ihnen kommt. Angst führt oft zu Haß oder auch dazu, sich abzugrenzen. Beides führt zu nichts oder es führt jedenfalls nicht zu einem heimatlichen Gefühl.

Als Übergangszustand ist das Gefühl des Verlorenseins in der Fremde, das Gefühl des Bedrohtseins normal. Man spricht häufig die Sprache nicht, kennt sich nicht aus. Hat man es aber einmal geschafft, so wird es unter Umständen schwierig, sich in der alten Heimat oder in dem Land, welches den Eltern zufolge die eigentliche Heimat sein sollte, zurechtzufinden. Wie es Salman Rushdie in seinem Essay „Imaginary Homelands" beschreibt, verliert man mit zunehmender räumlicher und zeitlicher Distanz die Fähigkeit, sich in der ursprünglichen Heimat zurechtzufinden. Da ein Ort

[107] Erich Zeisl

dem sich ständig wandelnden Diskurs unterworfen ist, wird man im eigenen Land fremd, wenn man an diesem eine längere Zeit nicht teilgenommen hat. Rushdie schreibt:

> „It´s my present, that is foreign, and]...[the past [that]is home, albeit a lost home in a lost city in the Mists of lost time."[108]

Diese Distanz verwischt vielleicht das Wissen über einige kulturelle Details, sie kann aber auch die Perspektive erweitern, wie auch das Werk Rushdies und zahlreicher anderer Migranten Literaten zeigt.

Die Distanz macht es für viele aber schwer bis unmöglich, sich in der ersten Heimat wieder zurechtzufinden. Kuki, der in Wien aufgewachsen ist, findet sich hier gut zurecht. In der Heimat seiner Eltern wäre das nicht mehr möglich:

> „...ich bin halt hier aufgewachsen, ich kenn die Gesetze, ich weiß, wie man sich hier benehmen soll, ich weiß auch, wie man sich hier durchkämpft. Aber unten, wenn ich jetzt wäre ...jetzt auf einmal unten ...puhh, das wäre schwer. Ich kenn' die Gesetze nicht, na ich kenn' praktisch ...eigentlich – ein hilfloses Kind wär ich gewesen, obwohl das auch auf einer Seite wirklich meine Heimat ist ..."[109]

Boban Baric hat mit diesen Problemen weniger zu kämpfen. Er ist aber auch erst später nach Wien gekommen und seine Verbindung zu Serbien ist daher noch etwas stärker. Die politische und wirtschaftliche

[108] Rushdie Salman, Imaginary homelands, S. 9.
[109] Kuki Savic

Situation in dem Land ist schwierig, aber zurechtfinden würde er sich.

Im Gespräch mit Dragan Mahjesko, Dejan Marinkovic, Kuki Savic und Boban Baric kristallisierte sich eines immer deutlich heraus: Sie sehen keine Chance für sich in Serbien. Einzig und allein Boban meinte, er könne sich schon vorstellen, zurückzugehen, wenn er Beziehungen hätte, es allgemein besser würde. Boban hat „unten" alles fertig. Er hat ein Haus gebaut. Wenn er noch etwas spart, könnte er gut „unten" leben. Das Wort Heimat ist im Serbischen engstens mit dem Wort Haus verbunden. Ein Haus hat Boban hier in Österreich nicht - in Serbien wartet es auf ihn. Auf die Frage, wann er sich entscheiden würde, hier zu bleiben oder zurückzugehen antwortete er, daß er sich dies überlegen würde, wenn er eine Familie gründen möchte.

Aus diesen Überlegungen heraus kann man erahnen, daß Boban noch eine sehr starke Verbundenheit zu seiner alten Heimat fühlt. Vielleicht ist sie wesentlich stärker, als er sich tatsächlich bewußt ist. Wenn er für sich und seine Familie eine Zukunft sieht, wird er wahrscheinlich für immer in sein Haus, seine alte Heimat zurückkehren.

Martina Hamilton ging aus Liebe und einem Jugendtraum folgend nach England. Für sie war es eine Freude, sich mit den Gegebenheiten dort vertraut zu machen. Bei ihrer Rückkehr nach Österreich machte sie die kuriose Erfahrung, mitunter für eine Ausländerin gehalten zu werden:

> Der Mensch ist ein Gewohnheitstier und bei der Rückkehr nach Österreich nach nur ein paar Monaten in England waren mir diverse Verhaltensregeln etc. so in Fleisch und Blut übergegangen, daß ich oft im Reflex das Falsche tat oder sagte und dadurch – und weil ich mit Guy ja Englisch sprach – für eine Ausländerin gehalten wurde. Das war ein komisches Gefühl im Geburtsland für eine Nichtösterreicherin angesehen zu werden, ich mußte anfangs innerlich lachen, manchmal klärte ich den Umstand auf, meistens aber nicht (zu mühsam und sowieso egal).[110]

Martina Hamilton war aber nicht lange genug in England, um wirklich Probleme zu haben, sich in ihrer ersten Heimat wieder zurechtzufinden. Auch für Maria Krawarik, die in mehreren Ländern der Welt eine Heimat gefunden hat, scheint dieses Problem nicht so vordergründig zu sein. Mit ein bißchen Mühe könne sie sich überall zurecht finden, meint sie. Maria Krawarik bezeichnet ihre Heimaten als *„Orte an denen [sie] länger lebte und [sich] mit den Lebensgewohnheiten vertraut machen konnte"*.

3. Aktionsraum oder „Heimat kann man sich erarbeiten"

Heimat als geographischer und sozialer Lebensraum, ist ständigen Veränderungen unterworfen. Heimat kann also als etwas Dynamisches gedacht werden, etwas, das ständig neu gebildet und bestimmt wird. An diesem Prozeß darf sich jeder Einzelne beteiligen, sofern man ihn läßt.

---

[110] Martina Hamilton ließ uns einen schriftlichen Beitrag zukommen.

Sprache als Kulturträger spielt hierbei aber eine wesentliche Rolle. Orte werden durch Sprache benannt, sie kann auch sehr unterschiedliche Bilder und Auffassungen eines Ortes vermitteln. Erst, wenn man die Sprache und die Umgangsformen in einem neuen Land kennt, wird es ein Raum, in dem man sich wirklich frei bewegen kann. Die Aneignung von Heimat erfolgt aber nicht allein durch Sprache und Symbolsysteme, sondern auch durch aktive Teilnahme am gesellschaftlichen Leben. Es sind kleine Strategien, von denen die Projektteilnehmer berichten, die uns jedoch zeigen, daß man sich Heimat erarbeiten kann.[111] Frau Nagy, die am Plattensee und in Budapest aufgewachsen ist, erzählt uns, daß sie nach einer Eingewöhnungsphase in Bruck-Neudorf dem dortigen Chor beigetreten ist. Andere wieder sind Mitglieder in Kultur- und Sportvereinen oder bei Jugendinitiativen und prägen so das soziale Umfeld. Auch Maria Krawarik und Marzanna Danek-Hnelozub sind der Meinung, daß man sich einbringen und seinen Lebensraum mitgestalten kann.

Wie schnell eine neue Umgebung zur Heimat wird, hängt von vielen Faktoren ab und ist letztlich von Fall

[111] Dafür ist es nicht unbedingt notwendig, österreichische/r StaatsbürgerIn zu sein. Die Praxis zeigt, daß es MigrantInnen gibt, die bis zum Lebensende nicht die Staatsbürgerschaft erwerben. Die rechtliche Gleichstellung mit der Mehrheitsbevölkerung und auch der Zugang zu allen Ressourcen ist jedoch für viele MigrantInnen an die österreichische Staatszugehörigkeit geknüpft. EU-Osterweiterung und Globalisierungsprozesse beginnen aber die Sinnhaftigkeit des Konzepts der Staatsbürgerschaft in Frage zu stellen. Siehe dazu: Bös Mathias, Migration als Problem offener Gesellschaften (Opladen 1997), S. 182.

zu Fall verschieden. Hierbei spielen nicht nur strukturelle und formale Rahmenbedingungen, wie sie schon erörtert wurden, eine entscheidende Rolle, sondern auch die persönliche Erfahrungen eines jeden einzelnen. Die persönliche Interpretation von Heimat, ob sie nun an ein soziales Umfeld, ein Haus, eine Landschaft, eine Familie oder Person, oder an sich selbst gebunden ist, um nur einige zu nennen, bestimmt das Tempo der Anpassung mit.

Paulo hatte nun zum ersten Mal nach knapp 10 Jahren das Gefühl gehabt, sich auf Wien zu freuen, „nach Hause" zu kommen. *„Hier sind meine Sachen..."*, meint er und Erich erinnert diese Bemerkung an einen Ausspruch von Erasmus von Rotterdam: *„Meine Heimat ist dort, wo meine Bücher sind."*

Eine lyrische Aufarbeitung der Zeiterfahrung bringt Semra Visne in ihrem Gedicht „Heimat, was ist das?" Nach einem langen Kampf um die alte Heimat, fürchtet sie nun, dorthin zurückkehren zu müssen. Die letzte Strophe ist ein Appell an ihre Mutter:

> „Zwinge mich nicht noch einmal, Mutter
> den Ort, an dem ich lebe zu verlassen,
> denn endlich fühle ich mich
> nach einer Ewigkeit zu Hause."[112]

[112] Stippinger Christa, ed., Jeder ist anderswo ein Fremder (Wien 1996), S. 252.

III. Schlußbetrachtung

Der erste Teil dieses Beitrages sollte verdeutlichen, wie sich politische und technische Entwicklungen auf die räumliche Auffassung von Heimat auswirken können. Sie steht in einem Spannungsfeld von weiteren und engeren Definitionen von Heimat.

Das soziale Umfeld, in dem wir leben, ist ständigen Veränderungen ausgesetzt, denen wir uns stellen müssen. Die Heimat, in der wir als Erwachsene leben, ist dem Land der Kindheit oft kaum noch ähnlich. Die Veränderungen der Umwelt machen sich in den sozialen, kulturellen, lokalen, etc. Strukturen bemerkbar.

Die Kultur, die unsere Kindheit geprägt hat, nehmen wir aber überall hin mit und können sie, sofern wir das wollen bzw. sofern man uns läßt, überall miteinbringen, indem wir uns aktiv an der Gestaltung unserer Heimaten beteiligen. Da Raum/Ort einem sich ständig wandelnden Diskurs unterworfen ist, merken wir, sobald wir längere Zeit von einem Ort weggeblieben sind, daß es nicht mehr so einfach ist, sich wieder voll und ganz mit den Gegebenheiten zu identifizieren. Man stellt mitunter fest, daß man schon ein bißchen fremd geworden ist.

Wir betrachten den Raum aus sehr verschiedenen Perspektiven. Die Ferne kann romantisiert oder als bedrohlich angesehen werden. Der Raum, der uns umgibt, kann unterschiedlichst „gestimmt" sein. Es liegt an jedem Einzelnen, wie stark er die Stimmung des Raumes auf sich einwirken lassen möchte und wie sehr er selbst diese Stimmung gestalten, den Raum zu seinem Aktionsraum machen möchte.

Die Teilnehmer am Projekt „Zwischen den HeimatEn“ hatten überwiegend positive Einstellungen zur Gestaltung ihres Lebensraumes. Auch, wenn die meisten von ihnen schwere Zeiten durchgemacht haben, stehen sie dieser Erfahrung nicht negativ gegenüber.

Die letzten Worte in diesem Beitrag sollen Hermann Hesse und all jenen, die sich zwischen den Heimaten befinden oder glauben, ihre Heimat verloren zu haben, gewidmet sein: [113]

Stufen

...
Es muß das Herz bei jedem Lebensrufe
Bereit zum Abschied sein und Neubeginne,
Um sich in Tapferkeit und ohne Trauern
In andre, neue Bindungen zu geben.
Und jedem Anfang wohnt ein Zauber inne,
Der uns beschützt und der uns hilft zu leben.

Wir sollen heiter Raum um Raum durchschreiten,
An keinem wie an einer Heimat hängen,
Der Weltgeist will nicht fesseln uns und engen,
Er will uns Stuf' um Stufe heben, weiten.
Kaum sind wir heimisch einem Lebenskreise
Und traulich eingewohnt, so droht Erschlaffen,
Nur wer bereit zu Aufbruch ist und Reise,
Mag lähmender Gewöhnung sich entraffen.
...

113 Hesse Hermann, Das Glasperlenspiel (Küsnacht, 1971), S. 483f.

Bibliographie

Ashcroft Bill, Gareth Griffiths and Helen Tiffin, eds., The Post Colonial Studies Reader (London 1995).

Bausinger Hermann, „Heimat in einer offenen Gesellschaft" In: Kelter Jochen, ed., Die Ohnmacht der Gefühle. Heimat zwischen Wunsch und Wirklichkeit (1986), S. 85-115.

Bezirkszeitung – Stadtjournal, Nummer 3/ 1999.

Bös Matthias, Migration als Problem offener Gesellschaften (Opladen 1997).

Bruckmüller Ernst, Nation Österreich. Sozialhistorische Aspekt ihrer Entwicklung (Wien 1984).

Clifford Sue and Angela King, eds., Local Distinctiveness. Place, Particularity and Identity. Essays for a conference, September 28th 1993 (London 1993).

Embacher Helga, Anna Rattner, Lola Blonder. 1938 – Zuflucht Palästina. Zwei Frauen berichten Aus: Turner, Erika, ed., „Erinnerungen aus Verfolgung und Widerstand 1938-1945" In: Weinzierl, Erika et al., ed., Materialien zur Zeitgeschichte (Wien 1989).

Hesse Hermann, Das Glasperlenspiel (Küsnacht 1971).

Hoffmann Gerhard, Raum, Situation, erzählte Wirklichkeit. Poetologische und historische Studien zum englischen und amerikanischen Roman (Stuttgart 1978).

Kemal Kurt, Was ist die Mehrzahl von Heimat? (Reinbeck bei Hamburg 1995).

Morley David and Kevin Robins, „No Place like *Heimat*: Images of Home(land) in European Culture In: Carter Erika, James Donald and Judith Squires, ed., Space and Place. Theories of Identity and Location (London1993).

Rushdie Salman, Imaginary Homelands. Essays and Criticism 1981-1991 (Harmondsworth 1991).

Sartory Gertrude, ed., Antoine de Saint-Exupéry. Man sieht nur mit dem Herzen gut. Ausgewählt und eingeleitet von Oswald von Nostitz [6](Freiburg 1991).

Stippinger Christa, ed., Jeder ist anderswo ein Fremder (Wien 1996).

Verena Krawarik: UNTERWEGS ZU NEUEN HEIMATEN ...

I. Migration und Gesellschaft

Die Erforschung von Migration, ihren Ursachen, strukturellen Rahmenbedingungen, ihrem Verlauf und ihren Auswirkungen ist in den letzten Jahrzehnten zum Forschungsfeld für eine große Anzahl von wissenschaftlichen Disziplinen geworden. Sowohl die Soziologie als auch die Geschichte, die Psychologie, die Politikwissenschaft und auch die Ethnologie haben sich des Themas angenommen.[114] Die Beteiligung der verschiedenen Fachdisziplinen macht deutlich, daß Migration nur als Folge komplexer, ideologischer, sozialer und ökonomischer Prozesse begriffen werden kann und daher in einer interdisziplinären Arbeitsweise erforscht werden muß.

Der Begriff Migration wird in der Literatur uneinheitlich verwendet, sodaß es zwischenzeitlich zu einer großen Anzahl von Definitionen gekommen ist. Die wichtigsten Kriterien zur Beschreibung von Wanderungsbewegungen sind jedoch Dauer, Periodizität, Distanz, Geschwindigkeit, räumlicher Verlauf, strukturelle Ursachen, strukturelle Merkmale der MigrantIn-

[114] Die Folgen der Migration auf die Biographie der MigrantInnen wird von einer eigenen Forschungsdisziplin, der Humanontogenese, die den Menschen als „bio-psycho-soziales" Wesen ergründet, untersucht. Siehe dazu: Hermann Mückler, Migrationsforschung und Ethnohistorie, in: Ethnohistorie. Rekonstruktion und Kulturkritik. Eine Einführung, hrsg. Karl. R. Wernhart / Werner Zips (Wien 1998) S. 118.

nen, persönliche Motive und Auswirkungen im Herkunfts- und Zielgebiet.[115]

Die Erforschung der Migration nach Österreich befaßt sich heute fast ausschließlich mit den Auswirkungen und dem Verlauf der Arbeitsmigration, die praktisch mit Migration per se gleichgesetzt wird.[116] Andere Formen wie z. B. Heiratsmigration werden dabei so gut wie ausgeklammert.[117] Da diese einseitige Ursache von Migration zu kurz greift, um einer komplexen Darstellung des Themas gerecht zu werden, ist es daher umfassender grundsätzlich jeden Ortswechsel von Personen, der eine Änderung des Wohnsitzes nach sich zieht und nicht zum Zweck eines geschäftlichen oder touristischen Aufenthalts vollzogen wird, unter dem Blickwinkel der Migrationsforschung zu betrachten. Bezogen auf die räumliche Dimension der Ortsveränderung kann dabei zwischen innerstaatlichen, internationalen und nun auch Wanderungen innerhalb der Europäischen Union unterschieden werden. Binnen-

115 Mathias Bös, Migration als Problem offener Gesellschaften. Globalisierung und sozialer Wandel in Westeuropa und Nordamerika (Opladen 1997) S. 67.

116 Die Betonung der Erforschung der Lebenswelten von Gastarbeiterfamilien erscheint vor dem Hintergrund der hohen Zuzugsrate in den 70er Jahren gerechtfertigt. Siehe dazu beispielsweise: Gudrun Biffl, Die Arbeitsmigranten, in: Fremde Heimat: Emigranten, Immigranten (= Knappe Güter Bd. 3, Wien 1992) S. 34-42.

117 In Wien gibt es zwei Beratungsstellen für bikulturelle Ehepaare (Fibel und Kolbig). Wie aus den Programmen von einschlägigen Instituten ersichtlich wird, beginnt sich die Wissenschaft nun langsam mit dieser Form von Migration und ihren Folgen auseinanderzusetzen.

wanderungen[118] tasten den rechtlichen Status der Person nicht an, während eine Wanderung über staatliche Grenzen, vor allem in Nicht-EU-Länder mit einer politisch-administrativen Reaktion verbunden ist, wobei MigrantInnen nicht nur zu Ausländern werden, sondern auch eine andere rechtliche Position als die Mehrheitsbevölkerung einnehmen.[119]

In einem zweiten Schritt können Ursachen, Auslöser und Verlaufsmuster der Migration untersucht werden, wobei vor allem zwischen Flucht- oder Zwangswanderungen und sogenannten freiwilligen Wanderungen stark unterschieden wird. Die Trennung der beiden Formen von Migration erscheint vor allem vor der Untersuchung des individuellen Prozesses der Beheimatung gerechtfertigt.

Flucht, die infolge von Naturkatastrophen oder aus politischen, ethnischen oder religiösen Gründen erfolgt, sowie Deportationen bieten keine Entscheidungsalternative. Je nach dem, ob die genannten Faktoren als Auslöser fungieren oder Flüchtlinge in Erwartung einer Repression ihr Land verlassen, werden sie als *„acute refugee"* oder als *„anticipatory refugee"* bezeichnet.[120]

---

118 Dazu zählt mit Einschränkungen auch die Wanderung innerhalb der EU.

119 Hermann Mückler, Migrationsforschung und Ethnohistorie, S. 114.

120 Bernhard Santel, Migration in und nach Europa. Erfahrungen. Strukturen. Politik (Opladen 1995) S. 115 zitiert nach: Hermann Mückler, Migrationsforschung und Ethnohistorie, S. 115.

Freiwillige Wanderungen basieren hingegen meist auf ökonomischen Motiven. Der Terminus „freiwillig" ist jedoch relational zu der vorher beschriebenen Fluchtwanderung aufzufassen, da man annimmt, daß MigrantInnen im Herkunftsland verbleiben würden, wenn die strukturellen Rahmenbedingungen des Zuzugslandes auch dort vorhanden wären. Ähnlich verhält es sich in diesem Punkt auch mit den sogenannten BildungsmigrantInnen, die sich zum Zweck des Studiums für längere Zeit an einem Ort aufhalten und sich nicht selten dort eine Existenz aufbauen. Die Praxis der ArbeitsmigrantInnen in Wien zeigt, daß der endgültigen Niederlassung in Österreich oft ein langer Entscheidungsprozeß vorausgeht, was sich in der zeitverzögerten Nachholung von Familienmitgliedern widerspiegelt.

Als elaborierteste Theorie der Migration bezeichnet Mathias Bös den handlungstheoretisch orientierten Ansatz von Hartmut Esser (1980), der individuelle Entscheidungskriterien für Migration vor dem Hintergrund eines *„push* und *pull*-Modells" interpretiert.[121] Schubfaktoren (*„push"*), die Menschen dazu veranlassen ihre Heimat zu verlassen, sind Bedingungen am Herkunftsort, die als unerträglich oder bedrohlich erfahren werden. Solche Faktoren können hohes Bevölkerungswachstum, soziale Diskriminierung, niedriger Lebensstandard, direkte oder strukturelle Gewalt sowie auch Entfremdung und Frustration sein. Als Sogfaktoren (*„pull"*) fungieren in den Zielländern zu erwartende

121 Mathias Bös, Migration als Problem offener Gesellschaften, S. 59f.

Arbeit, Frieden oder Wohlstand.[122] Fragt man MigrantInnen nach den Kriterien der Auswahl des Ziellandes, so ist jedoch nicht automatisch die Theorie des „größten Gefälles", wonach die reichsten Länder die größte Anziehungskraft ausüben würden, nachweisbar. Vielmehr spielen auch die geographische, sowie kulturelle Nähe des Ziellandes, bereits bestehende familiäre Netzwerke und die speziellen Aufenthaltsbedingungen eine wichtige Rolle bei der Entscheidungsfindung. Im Falle der Gastarbeiter in Wien kommt auch noch die gezielte Anwerbung von Arbeitskräften in den Ländern Ex-Jugoslawiens und der Türkei hinzu.

II. Ausgewählte Formen der Migration und ihre Auswirkung auf den Prozeß der Beheimatung

1. Arbeitsmigration

> „All die Jahre hindurch hat es geheißen: „Wir ziehen zurück. Deswegen wir nichts investiert. Wir brauchen keine größere Wohnung. Schließlich sparen wir für die Heimat!...Mittlerweile habe auch ich gesagt: Jetzt reicht es mir! Schließlich verdiene ich jetzt mein eigenes Geld"[123]

---

[122] Hermann Mückler, Migrationsforschung und Ethnohistorie, S. 128.

[123] Semra Visne im Gespräch mit Chista Stippinger, in: Jeder ist anderswo ein Fremder. Eine Anthologie mit Texten und Interviews der Autoren und Autorinnen der Schreibwerkstatt für ZuwandererInnen und Angehörige ethnischer Minderheiten in Österreich 1995/96 im Amerlinghaus, hrsg. Christa Stippinger (= Interkulturelle Reihe des Vereins Exil im Amerlinghaus Bd. 1, Wien 1996) S. 256.

„Ich hab unten schon alles fertig. Ich hab ein Haus gebaut. Jetzt muß ich nur noch ein bißchen was verdienen!"[124]

Ein Merkmal der ArbeitsmigrantInnen in Österreich ist die anfängliche Rückkehrorientierung ins Herkunftsland. Sie ist vor allem in der ersten Generation von ZuwanderInnen stark ausgeprägt und überträgt sich nicht selten auch auf die zweite Generation, selbst dann, wenn eine tatsächliche Rückkehr nur mehr Fiktion ist. Auf diese Art und Weise entstehen komplexe soziale und ökonomische Netzwerke, die das Herkunftsland mit dem Zielland verbinden, den Prozeß der Beheimatung aber negativ beeinflussen.[125] Gerade die zweite Generation gerät immer wieder in Konflikt mit der Rückorientierung der Eltern, da sie ihre Sozialisation in Wien erfahren hat.[126]

2. Heiratsmigration

„Bikulturelle Ehepaare leben irgendwo auf einer anderen Ebene. Sie haben andere Kontakte, und sind vor allem nicht so sehr an ein Land gebunden."[127]

---

[124] Boban Baric, hier im Interview vom 16. September 1999 (Tonbandaufnahme), kam 1986 mit seinen Eltern aus Kroatien nach Wien.

[125] Siehe dazu die Studie über Migrantenfamilien aus dem ehemaligen Jugoslawien und der Türkei in Österreich durchgeführt vom Österreichischen Institut für Familienforschung. Zugänglich über http:/www.bmwf.gv.at/6extern/fremd/famfors.htm (Stand 05. 09. 1999).

[126] Siehe dazu die Aussage von Kuki Savic (Tonbandaufnahme vom 16. 09. 1999) im Beitrag Susanne Marcinis, S. 99 f.

[127] Andrea Möchel, Liebe ohne Grenzen, in: Wienerin Nr. 4 (Wien 1998) S. 42.

> „Wir haben jetzt drei Welten: Sudan, Sri Lanka und hier. Wir müssen in Sri Lanka für eine Zeit dort leben, im Sudan ein bißchen und dann schauen."[128]

> „Meine Heimat ist mein Ehemann."[129]

Die Aussagen unterschiedlicher bikultureller Ehepaare, Ruth Jaeneke-Elyas ist mit einem Sudanesen verheiratet und stammt aus Deutschland, Hakim Ali Seif Eldin ist aus dem Sudan und seine Ehefrau stammt aus Sri Lanka, Marzanna Danek-Hnelozub ist gebürtige Polin und hier mit einem Österreicher verheiratet, verdeutlichen, daß Heimat für sie nicht territorial gedacht wird. Der Partner ist zumeist Bezugspunkt und auch die Mobilität der Paare ist größer, da hier der Auslöser für Migration keine ökonomischen Gründe hat. Dabei ist es durchaus nicht selbstverständlich, daß nur Frauen Männern in deren Heimat folgen, wie das Beispiel Hakims veranschaulicht. Kinder aus bikulturellen Ehen wachsen genauso wie Kinder von ArbeitsmigrantInnen in zwei Kulturen auf. Das Beispiel Hakims zeigt sogar, daß es auch mehr sein können. Trotzdem lassen sich auch hier Unterschiede feststellen. Denn in bikulturellen Familien existieren beide Kulturen gleichberechtigt nebeneinander, die Kinder erlernen Vater- und Muttersprache oder eine *„lingua franca"* mühelos, während in Gastarbeiterfamilien oft nur in der Herkunftssprache kommuniziert wird. Kulturelle Prägungen werden in bikulturellen Ehen durch die Eltern weitergegeben, bei traditionellen Gastarbeiterfamilien erfährt das Kind

128 Hakim Ali Seif Eldin im Interview am 15. 09. 1999 (Tonbandaufnahme).

129 Marzanna Danek-Hnelozub am Aktionstag 3. 09. 1999.

seine Sozialisation mit dem Zuzugsland nur durch die weitere soziale Umgebung.

Grundsätzlich läßt sich feststellen, daß Heiratsmigration oft zu schnellerer Integration führt, Heimat jedoch nicht mehr unmittelbar territorial verstanden wird. „Auf einer anderen Ebene“ zu leben, heißt somit auch, nicht so verwurzelt zu sein, Heimat wird damit mobiler.

3. Flucht und Vertreibung

> „Heimat bedeutet aus meiner Sicht zu allererst Freiheit...Die Frage, ob diese geographisch lokalisierbar, ob es an eine bestimmte Landschaft der Herkunft, an den vertrauten Bach gebunden sein muß, erscheint mir zweitrangig. Als Siebenbürger Sachse erfuhr ich gleich vielen anderen auf bittere Weise, daß Heimat nur noch in uns selber liegen darf, wollen wir sie retten. Wie viele andere erfuhr ich die Ohnmacht, der Zerstörung der Heimat zusehen zu müssen, ohne ihr Einhalt gebieten zu können.“[130]

> „Es braucht viel Heimat, mehr jedenfalls als eine Welt von Beheimateten, deren ganzer Stolz ein kosmopoltischer Ferienspaß ist, sich träumen läßt.“[131]

---

[130] Bergel Hans, Heimat ist Freiheit. Gedanken zu einem Wort, das keiner Rechtfertigung bedarf, in: Festschrift zur 125-Jahrfeier des Bestandes der Siebenbürger Sachsen in Wien, Niederösterreich und Burgenland (Wien 1996) S. 7.

[131] Jean Améry, Jenseits von Schuld und Sühne. Bewältigungsversuch eines Überwältigten (Stuttgart^2 1980), zitiert nach: Heimat. Auf der Suche nach der verlorenen Identität, ed. Joachim Riedl (Jüdisches Museum der Stadt Wien Ausstellung 10. Feb. - 27. März 1995) S. 14.

In der Gesprächsrunde am Aktionstag zum Projekt „Zwischen den HeimatEn" bremste Wilgerd Nagy die enthusiastischen Ausführungen von Maria Krawarik, als sie den Zustand, „Zwischen den Heimaten" zu sein, als Bereicherung auffaßte, mit der Bemerkung, daß es nicht so einfach sei, wenn man aus seinem Geburtsland vertrieben würde. *„Deportiert werden ist nicht gar so lustig!"*, meinte er und auf unsere Frage, ob er nun zwei Heimaten hätte antwortete er: „Nein." Siebenbürgen sei nicht mehr seine Heimat, weil dort niemand mehr sei.

Der Verlust der Heimat wird bei jenen, die als Flüchtlinge kommen, als besonders schmerzhaft erfahren. Es ist jedoch nicht möglich, eine allgemeine Aussage über die Form der Beheimatung in Österreich zu treffen. Hier scheinen sich zwei Positionen kraß gegenüberzustehen: Auf der einen Seite stehen jene, denen es aufgrund ihrer Erfahrungen unmöglich ist, in der Fremde eine Heimat zu finden, auf der anderen Seite jene, die ihre alte Heimat so schnell wie möglich vergessen wollen. Häufig kehren die Vertriebenen oder Flüchtlinge nie wieder in das Herkunftsland zurück. Wilgerd Nagy war seit 16 Jahren nicht mehr in Siebenbürgen. „Das Haus meiner Großeltern ist kalt", sagt er. Die Häuser seiner Verwandten und Bekannten sind für ihn nur noch Mauern ohne Inhalt. Die Verbindung zur Heimat der Kindheit kann nicht mehr hergestellt werden. Maria Krawarik, die die Heimat ihrer Kindheit freiwillig verlassen hat, ist es beinahe unmöglich, das zu verstehen. Für sie birgt das Haus, in dem sie heute lebt, viele Erinnerungen und die Geister aller Menschen, die hier leben und früher dort gelebt haben, spürt sie dort. Vielleicht empfindet Wilgerd Nagy aber deshalb so, weil er und alle anderen Freunde und Familienmitglieder völlig aus dieser Welt ausgeschlossen wurden. Es wurde ihnen mehr als deutlich gemacht, daß es dort keinen Platz mehr für sie gibt. Er kann die Geister der Menschen, die früher dort gelebt haben, nicht spüren, weil auch sie mit dem Raum brechen mußten.

4. Sonstige Gründe: „Wie ein Virus..."

> „Ich glaube, wenn jemand in einem anderen Land für eine Zeit lang lebt, er hat ein Virus. Immer weiter in anderes Land. Und zurück kann er, aber nicht immer."[132]

> „Eine Zeit sind wir noch mit den deutschen und polnischen Zigeunern durch Europa gefahren. Die in ihren großen Mercedes und Wohnwagen, und wir mit dem Zelt."[133]

Eine Gruppe von MigrantInnen läßt sich nicht in das Schema der üblichen „Migrationskategorien" hineinpressen. Sie sehen Migration als Teil ihres Lebens an. Nicht nur wandernde Sinti, Roma und Lovara, die die Tradition des Nomadentums seit Jahrhunderten aufrechterhalten und sich in den jeweiligen Ländern ökonomische und soziale Netzwerke und Strukturen geschaffen haben, die es ermöglichen, sich überall zu Hause zu fühlen, gehören dazu. All jene, die es nicht lange an einem Ort aushalten, sind davon betroffen. Sie tragen Heimat vor allem in sich selbst oder finden sie in

132 Hakim Ali Seif Eldin im Gespräch am 15. Sept. 1999 (Tonbandaufnahme).

133 Miso Nikolic im Gespräch mit Christa Stippinger, in: Schreiben zwischen den Kulturen. Eine Anthologie (Wien 1997) S. 92.

einer sozialen oder ethnischen Gruppe. Paul Carters Beobachtungen treffen vor allem auf sie zu.

> „Die authentische Perspektive eines Migranten würde möglicherweise auf dem intuitiven Gefühl gründen, daß der Gegensatz zwischen hier und dort selbst eine kulturelle Konstruktion ist, eine Folgerung aus der Gewohnheit in festen Einheiten zu denken und diese aufgrund ihrer Gegensätzlichkeit zu definieren. Sie könnte davon ausgehen, daß Bewegung nicht als ein unangenehmes Zwischenspiel zwischen den festen Punkten der Abreise und der Ankunft angesehen wird, sondern als eine Form in der Welt zu sein."[134]

III. Sprache als Brücke zur neuen Heimat

Der Spracherwerb und damit verbunden die Fähigkeit zu kommunizieren, ist ein integraler Bestandteil beim Versuch, in einem anderen Land eine Heimat zu finden. Nicht selten wird von MigrantInnen, die die Landessprache nicht beherrschen, gerade zu Beginn ein Gefühl der Ohnmacht gegenüber der Umwelt und der Isolation beschrieben.

> „Die erste Zeit in Österreich war schwierig. Freunden habe ich das so beschrieben: Es ist, als ob man in einem Glashaus sitzt. Du siehst zwar die Menschen, aber es ist keine wirkliche Begegnung möglich, weil Du mit niemandem sprechen kannst. Ich war wie in einer anderen Welt"[135]

Im Regelfall bemühen sich daher die meisten MigrantInnen möglichst rasch dem Zustand der Sprachlosig-

---

134 Paul Cater, Living in an new country. History, travelling and language (London 1992) S. 101.

135 Reza Ashrafi im Gespräch mit Christa Stippinger, in: Jeder ist anderswo ein Fremder, S. 32.

keit zu entkommen. Die strukturellen Bedingungen in Wien sind dazu vorhanden.[136] Deutschkurse für MigrantInnen werden von diversen Beratungsstellen und Instituten angeboten und Jugendliche, die als Quereinsteiger in die Schule kommen, haben die Möglichkeit, schulbegleitende Kurse wie z.B. „Deutsch als Zweitsprache" zu besuchen. Für maximal eineinhalb Jahre können sie den Status eines/r außerordentlichen Schülers/in beanspruchen, ohne dabei Schuljahre zu verlieren. Kinder entwickeln oft ihre ganz eigenen kleinen Strategie, um mit der Umwelt in Kontakt zu treten.

> „Wir haben im Erdgeschoß gewohnt. Meine Mutter hat uns immer einen Teppich auf die Fensterbank gelegt und wir haben dort gespielt. Alle Leute, die vorbeigekommen sind, haben mit uns geredet. Da haben wir noch kein Wort Deutsch gekonnt...Manchmal wenn wir alleine waren und uns langweilig war, haben wir absichtlich Spielzeug beim Fenstergitter hinausgeworfen. Dann haben wir gewartet, bis der nächste kommt und haben den gebeten, daß er es aufhebt und uns gibt, damit wir eine Gesprächsbasis haben."[137]

Trotzdem kommt es in der Praxis immer wieder vor, daß MigrantInnen auch nach längerem Aufenthalt im Zuzugsland die Sprache nur schlecht oder gar nicht

[136] Die Schaffung von strukturellen Rahmenbedingungen wie Deutschkurse etc. ist ein wichtiger Bestandteil einer aktiven Integrationspolitik. Siehe dazu: Thomas Brieden, Konfliktimport durch Immigration. Auswirkungen ethnischer Konflikte im Herkunftsland auf die Integrations- und Identitätsentwicklung von Immigranten in der Bundesrepublik Deutschland (Hamburg 1996, zugl. Wuppertal Diss. 1995) S. 11.

[137] Gülmihri Aytaç im Gespräch mit Christa Stippinger, in: Jeder ist anderswo ein Fremder, S. 47.

beherrschen. Die Gründe dafür können vielfältig sein. Zum einen spielt das Alter, in dem die Migration erfolgt ist eine gewisse Rolle, zum anderen auch die Vorbildung. Ein frauenspezifisches Problem ist nicht selten die Beschränkung des Lebensraumes auf die häusliche Umgebung, vor allem, wenn die Kinder bereits erwachsen sind, wenn die Migration erfolgt und die Frau nicht erwerbstätig ist.

> „Meiner Mutter bereitete die Umstellung auf das Leben in der Fremde große Schwierigkeiten. Sie ist Hausfrau und hier viel allein und deshalb ein bißchen frustriert. Sie ist ja erst mit vierzig Jahren hergekommen und konnte die deutsche Sprachen nicht mehr so gut lernen."[138]

Für Menschen, deren Beruf es verlangt, sich gewandt ausdrücken zu können, ist die Entscheidung, in einen anderen Sprachraum zu wechseln, unter Umständen besonders schwer. Erich Zeisl, einer unser Gesprächsteilnehmer am Aktionstag, meint aus der Sicht eines Deutschlehrers für „Deutsch als Fremdsprache" in einem Sprachinstitut dazu:

> „...Einen Metropolenwechsel...halt ich z.B. in der Weise bedenklich, wie mir meine Schüler im Deutschunterricht manchmal sagen, daß es furchtbar schwer ist...Man kommt ja nicht nur als frischer Mensch her, sondern auch als intellektuell entwickelter...Sich dann mit einer neuen Sprache auf ein völlig anderes Sprachniveau zu begeben, nicht mehr sagen können, was einen wirklich bewegt, sich nicht ausdrücken zu können am Anfang. Ich glaub, daß

---

138 Ercüment Aytaç im Gespräch mit Christa Stippinger, in: Jeder ist anderswo ein Fremder, S. 39.

sind wirklich die Schwierigkeiten, die die meisten Menschen, die hier herkommen, haben..."[139]

Aus diesem Grund ist es vor allem für Paulo Bitencourt[140], der als Künstler über ein sehr hohes sprachliches Niveau verfügen können muß, von höchster Priorität gewesen, die Sprache so perfekt wie möglich zu beherrschen.

Manchmal aber ist es auch Teil einer individuellen „Überlebensstrategie", die Sprache zu verweigern, dann nämlich, wenn die Umwelt zur Bedrohung wird.

> „Spracherwerb ist weniger eine Frage der Intelligenz als eine der Hinwendung, der gefühlsmäßigen Neigung zu einem Kulturkreis. Wenn einer nach jahrelangem Aufenthalt die Landessprache nur wenig oder gar nicht spricht, so ist das ein Anzeichen dafür, daß er diese Erfahrungen nicht positiv bewertet. Die Sprachlosigkeit ist gleichwohl eine Schutzhülle bei Berührungen mit der Umwelt. Wer die Sprache nicht versteht, kann schwer damit angegriffen, verletzt und beherrscht werden."[141]

Die Hinwendung zur deutschen Sprache ist Hakim Ali Seif Eldin, der aus dem Sudan stammt, am Anfang nicht leicht gefallen. Er, der heute nicht nur vier verschiedene Sprachen (Arabisch, Englisch, Russisch und

---

139 Erich Zeisl im Gespräch am Aktionstag zum Projekt „Zwischen den HeimatEn (3. 09. 1999).

140 Paulo Bitencourt aus Brasilien war Teilnehmer am Gesprächskreis am Aktionstag des Projektes „Zwischen den HeimatEn".

141 Kurt Kemal, Was ist die Mehrzahl von Heimat? Bilder eines türkisch-deutschen Doppellebens (Rohwolt Taschenbuch, Reinbeck bei Hamburg 1995) S. 110.

Deutsch) sondern auch drei verschieden Schriften (Arabisch, Kyrillisch und Latein) beherrscht, drückt seine Erfahrungen mit der deutschen Sprache folgendermaßen aus:

> „Deutsch ist eine schwierige Sprache, nicht, Russisch ist leichter...das ist nicht so kompliziert. Ich weiß nicht...Man fühlt die Sprache. Mit Deutsch ist das schwierig...Jemand braucht Zeit, um hier zu leben... In Rußland in einem Jahr...und du weißt."

Hakim spricht zu Hause Englisch und Deutsch mit seiner Familie. Er achtet jedoch darauf, die beiden Sprachen nicht zu vermischen: Englisch ist Englisch und Deutsch ist Deutsch, ein „Kauderwelsch" kommt für ihn nicht in Frage. Seine Frau stammt aus Sri Lanka, ihre Muttersprache beherrscht er nicht, und genauso verhält es sich umgekehrt. Auch die Kinder sprechen die Muttersprachen ihrer Eltern nicht. Aus diesem Grund sind Englisch und Deutsch zur *„linguae francae"* geworden.

Die Vermischung von Muttersprache und neuer Landessprache kommt in der Praxis häufig vor. Paulo Bitencourt und Roberson Marczak[142] sind sich einig, daß nach fast zehnjährigem Aufenthalt in Wien heute manchmal deutsche Wörter schneller kommen, dann werde eben das gesagt. Die deutsche Sprache ist prägnanter, dort, wo im Brasilianischen oft zwei, drei Wörter notwendig sind, sagt man im Deutschen nur ein Wort, meinen sie. Außerdem gibt es manche Wörter,

---

142 Roberson Marczak stammt ebenso wie sein Freund Paulo aus Brasilien.

die in der Muttersprache keine Entsprechung finden. Von den beiden Teilnehmern des Aktionstages wird der Gebrauch beider Sprachen im Alltag als Bereicherung erfahren, die eine Erweiterung des Wortschatzes nach sich zog. Aber nicht immer muß diese Erfahrung auch positiv gedeutet werden, wie das Beispiel Mischas Okun zeigt, der um den Verlust seiner Muttersprache bangt. Er besucht gegenwärtig die zweite Klasse der Allgemein Höher Bildenden Schule in der Stubenbastei. Sein Beitrag verdeutlicht, daß er trotz seines nun schon über ein Jahr andauernden Aufenthaltes in Wien, seinem persönlichen Empfinden nach noch immer in Rußland lebt.

> „Meine Heimat ist Rußland. Dort ist mein Zuhause. Ich lebe schon 9-10 Jahre in Rußland. [Auf die Frage, ob Österreich eine zweite Heimat sein könnte: Schreibt er: Österreich – niemals!!!] Ich habe sowieso schon zwei Heimaten: Georgien, Rußland...In Rußland leben alle meine Freunde, meine Verwandten. Dort ist meine Privatwohnung...Meine Schule. Hier habe ich nichts außer Spielzeuge. Ich vergesse Russisch. Manchmal vergesse ich manche Wörter, die ich sagen möchte, die kenne ich nur in Deutsch!!!"[143]

Neben der Sprache existiert aber auch eine große Anzahl von Symbolen, jene Ebenen der non-verbalen Kommunikation, die sich erst bei guter Kenntnis einer Kultur nach und nach erschließen lassen. Die Plakatwerbungen eines Sprachinstitutes werben mit kulturspezifischen Symbolen. „Manches werden Sie nie ver-

[143] Mischa Okun besuchte im Vorjahr die 1. Klasse (C) der AHS Stubenbastei. Der vorliegende Text ist in der unverbindlichen Übung „Deutsch als Zweitsprache" entstanden, die von Prof. Marianne Schröder geleitet wurde.

stehen, mit der Sprache haben Sie's bedeutend leichter", steht darunter zu lesen. Gerade die Fähigkeit die Bedeutung der Symbole der neuen Heimat zu verstehen, trägt dazu bei sich besser zurechtzufinden.

> „Denke ich zurück an die ersten Tage des Exils in Antwerpen, dann bleiben mir die Erinnerung eines Torkelns über schwankenden Boden. Schrecken war allein schon, daß man die Gesichter der Menschen nicht entziffern konnte...Gesichter, Gesten, Kleider, Häuser, Worte (auch wenn ich sie halbwegs verstand) waren Sinneswirklichkeit, aber keine deutbaren Zeichen. In dieser Welt war für mich keine Ordnung. War das Lächeln des Polizeibeamten, der unsere Papiere kontrollierte, gutmütig, indifferent oder höhnisch?...Heimat ist Sicherheit, sage ich. In der Heimat beherrschen wir souverän die Dialektik von Kennen-Erkennen, von Trauen-Vertrauen...Einwenden läßt sich vielleicht, daß das Exil vielleicht keine unheilbare Krankheit ist, da man doch die Fremde durch ein langes Leben in ihr und mit ihr zur Heimat machen kann; man nennt das eine neue Heimat finden. Und es ist richtig insofern, als man langsam, langsam lernt die Zeichen zu entziffern."[144]

Wenn eine vertraute Sprache und Symbole sich jedoch plötzlich gegen einen wenden, so ist es noch schmerzhafter, als wenn man sie nicht versteht. Diese Erfahrungen werden vor allem in den zahlreichen Werken der Exilliteratur beschrieben. Für den österreichischen Raum sind dabei die Lebenserinnerungen österreichisch-jüdischer Exilanten von besonderer Bedeutung. Leider konnten wir im Rahmen dieses Projektes mit keinem von ihnen persönlich in Kontakt treten. Da es uns aber wichtig erscheint, auch ihre Stimmen zu

[144] Jean Améry, Jenseits von Schuld und Sühne, S. 13.

hören, haben wir auf bereits publizierte autobiographische Texte zurückgegriffen.

Nach dem Anschluß Österreichs an das Deutsche Reich 1938 war der öffentliche Raum mit Symbolen besetzt, der die jüdischen Mitbürger von der Gemeinschaft ausschloß. Lilli Sykes, die nach England flüchten konnte, schreibt, daß sich Preßburg über Nacht völlig veränderte:

> „Am nächsten Tag haben alle christlichen Kinder ‚Kornblumen' getragen. Da hat man sofort gesehen, wer christlich ist und wer jüdisch ist – und das zu ersten Mal! In der Pause bin auch mit einem Freund hinausgelaufen, wir haben uns Kornblumen gekauft und haben uns auch Kornblumen angesteckt, da war die Sache aus."[145]

Einige jüdische Schriftsteller (z.B.: Friedrich Torberg) entschieden sich, im Exil in der Fremdsprache zu schreiben, da Deutsch für sie verloren war. Für Lola Blonder war die Sprache jedoch ein unüberbrückbares Hindernis. Sie konnte ihre Gefühle nur in Deutsch ausdrücken. Für Wilgerd Nagy als Dolmetscher ist die Sprache Mittel zum Zweck. Darüber hinaus war für ihn der Übergang vom Sächsischen zum Hochdeutschen nicht so weit, und er kann seine Sprache im Verein der Siebenbürger Sachsen weiter pflegen.

---

[145] Lilli Sykes, „Ich stelle mich immer mit 'I'm a bloody foreigner' vor ...", in: Die Heimat wurde ihnen fremd, die Fremde nicht zur Heimat. Erinnerungen österreichischer Juden aus dem Exil, hrsg. Adi Wimmer (Wien 1993) S. 167.

IV. Unmöglichkeiten einer Beheimatung

„Manchmal fühle ich mich hier nicht zu Hause..."

Hakim Ali Seif Eldin definiert Heimat für sich persönlich neben Familie auch mit „sich nicht fremd fühlen" und „von anderen respektiert werden".

Was aber passiert, wenn man trotz aller Bemühungen, sich in eine Gesellschaft zu integrieren, ohne seine kulturellen Wurzeln vergessen zu müssen, von der Mehrheitsgesellschaft nicht nur als Fremder wahrgenommen, sondern auch dadurch stigmatisiert wird?[146]

Die Meinung der Mehrheitsgesellschaft über MigrantInnen wird im Regelfall nicht über empirisches Erleben, also dem direkten Kontakt, sondern durch ideologisch-generatives Lernen in der Familie und dem Sozialisierungsmilieu der Medien- und Tagespolitik gebildet. Dadurch werden fremdenfeindliche Grundeinstellungen weitertradiert, an die bei Bedarf von einzelnen Parteien angeknüpft werden kann. Soziale Probleme des Alltags, wie z. B. desolate Wohnverhältnisse, finden dabei selten vor dem Hintergrund der Sozialpolitik Beachtung, sondern werden ethnisiert.[147]Als

146 Siehe zu dieser Frage auch: Migration, Mobilität und Fremdenfeindlichkeit. Die Europäische Perspektive, in: Fremdenfeindlichkeit. Konflikte um die groben Unterschiede (Symposium zur Entwicklung eines Forschungsprogrammes, Wien 27. – 28. 10. 1994, hrsg. Bundesministerium für Wissenschaft, Forschung und Kunst) S. 59-109.

147 Siehe dazu das Interview mit Barbara John, Ausländerbeauftragte des Landes Berlin: „Das Fremde muß eine Heimat fin-

Folgen dieser „Politik der Ethnisierung" werden MigrantInnen letztendlich diskriminiert, „unterschichtet" und ausgegrenzt.[148]

Die MigrantInnen und ihre Familien gehen auf unterschiedliche Art und Weise mit dieser Situation um. Die Theorie der „reflexiven Ethnisierung" beruht auf der Annahme, daß MigrantInnen auf Diskriminierung mit der Rückbesinnung auf ihre eigenen ethnischen Traditionen, Symbole und Wertbestände und mit ethnischer Gruppenbildung reagieren.[149] Ethnitzität entsteht in diesem Falle *„nicht mehr nur durch einfaches Zusammenleben sondern beinhaltet immer stärker auch den Akt bewußter Identifikation."*[150] Dadurch werden auch die Unterschied zwischen den MigrantInnen größer. „Reflexive Ethnisierung" muß daher immer in einem gesellschaftlichen Kontext gesehen werden, innerhalb dessen von einer ethnischen Gruppe andere Ethnien identifiziert werden.[151] Kuki Savic, der in Wien geboren

---

den", in: http://www.infolinks.de/dirml/99/01/9901292d681c2a.htm (Stand 17.08.99) S. 1.

148 Thomas Brieden, Konfliktimport durch Immigration, S. 13. Für die Situation in Österreich siehe dazu: Heinz Faßmann / Rainer Münz, Zwischen Integration und Unterschichtung, in: Fremde Heimat: Emigranten, Immigranten (Wien 1992) S. 43-50.

149 a.a.O. Siehe dazu auch die Praxisinterviews von Brigitte Mosberger, Meine Heimat bin ich selbst. Eine qualitative Studie zur Identitätsbildung türkischer ImmigrantInnenkinder (Wien Dipl. 1996) S. 120.

150 Mathias Bös, Migration als Problem offener Gesellschaften (Opladen 1997) S. 71. Drei Erfahrungsbereiche prägen Ethnizität: eine bestimmte Form von Bewußtsein, Gruppenverhalten und Symbolisierungen.

151 Hermann Mückler, Migrationsforschung und Ethnohistorie, S. 121.

wurde, berichtet von den *„Jugos, den Türken und den anderen."*[152] Es sind also drei Gruppen, die er in seiner gesellschaftlichen Umgebung wahrnimmt. Wie groß die Gruppe der anderen ist, und wer ihr hinzugezählt wird, ist unbestimmt.

In vielen Fällen stehen die MigrantInnen der politisch dominierten Ausgrenzung von Ausländern ratlos bis wütend gegenüber.

> „Diese Politik und überhaupt die Einstellung gegenüber den Ausländern ist eine Katastrophe. Einen Menschen einfach nach Hause zu schicken, der hier seit sechs oder sieben Jahren lebt, das kann man doch nicht machen. Wenn man plötzlich abgeschoben wird, hat man psychische Probleme. Man braucht sehr lange, um sich wieder der Situation und der Gesellschaft in dem Land, aus dem man kommt, anzupassen."[153]

Hakim interpretiert den Grund für Ausländerfeindlichkeit so: *„Die Österreicher haben alle Angst...Sie reden nicht miteinander."* Er erzählt uns einen Witz, von einer österreichischen Reisegruppe in Tunesien. Wie es ihnen dort gefallen habe, wollten die anderen bei der Heimkehr wissen. *„Es war schön, nur gab es zu viele Ausländer."*

Welche Auswirkungen Diskriminierungen auf die sogenannte 2. und 3. Generation bzw. Jugendliche, die als Kinder nach Wien gekommen sind, haben, wird in unserem Gesprächskreis mit Jugendlichen des Vereins

---

[152] Kuki Savic nahm am Gesprächskreis im Verein Z&SAM am 16. September 1999 teil.

[153] Obrad Jovanovic im Gespräch mit Christa Stippinger, in: Jeder ist anderswo ein Fremder (Wien 1996) S. 138f.

Z&SAM deutlich.[154] Auf unsere Frage, ob sich die Jugendlichen in Österreich zu Hause fühlen, antwortet Boban Baric:

> „Manchmal nicht!" [Wann er das so empfinde, wollen wir wissen.] „Wenn jemand schimpft über die Ausländer. Wenn einer weiß, er hat nichts verbrochen. Er hat die Schule abgeschlossen, wie ich zum Beispiel vier Jahre Volks-, Hauptschule, jetzt die Lehre, keine Vorstrafen, gar nichts...Es gibt depperte Leute, es gibt gescheite Leute, das ist überall so."

Die anderen Gesprächsteilnehmer stimmen ihm zu, aber dennoch ist Boban der einzige von ihnen, der vielleicht irgendwann nach Serbien zurückgehen wird. Die anderen können sich vorstellen, hier in Österreich zu bleiben. Dejan Marinkovic besitzt bereits die österreichische Staatbürgerschaft und Kuki Savic, der hier geboren ist, wird sie nun auch bald beantragen. Dragan Mahjesko wird weiter nach Deutschland gehen. Dort wird er sich seine Zukunft aufbauen.

V. Identität zwischen den Heimaten

> „Dort sagens eh schon Österreicher zu uns. Hier nennt man sich Tschusch, dort nennt man sich Österreicher und irgendwo in der Mitte landet man dann."[155]

Die Aussage von Boban Baric zeigt deutlich, wie schwierig es für Jugendliche der zweiten Generation ist,

---

[154] Am Gesprächskreis am 16. September nahmen Kuki Savic, Boban Baric, Dragan Mahjesko und Dejan Marinkovic teil.

[155] Boban Baric im Gespräch am 16. September 1999 (Tonbandaufnahme).

ihren Platz in der Welt zu finden. Kuki Savic spricht von Schuldzuweisungen an der Grenze von Seiten der Landsleute seiner Eltern anläßlich des Krieges in Ex-Jugoslawien.

> „Die Leute geben uns auch die Schuld. An der Grenze sagen viele: „Wir reißen uns hier für euch den ...auf. Wir kämpfen da für das Land. Ihr seids unten und tuts leben wie die Könige und so. Das sagen auch viele Leute."

Werden serbische MigrantInnen, die in deutschsprachigen Ländern arbeiten, „Schwabo" genannt, so lautet das Äquvivalent in der Türkei „Almancilar" = „Deutschler". So ist es möglich, daß uns die Jugendlichen auf unsere Frage, ob sie im Herkunftsland „Ausländer" seien, mit einem zustimmenden Lachen antworten.

Die Zuschreibung zu einer bestimmten ethnischen Gruppe fällt demnach bei den Jugendlichen, deren Eltern und jenen, die in der alten Heimat verblieben sind, unterschiedlich aus. Obwohl Ethnizität nicht an Nation gebunden ist, impliziert die Zuschreibung „Österreicher" von Seiten des Herkunftslandes mehr als nur die Staatszugehörigkeit, die oft nicht einmal reales Faktum ist.[156] Hier wird eine kulturelle Differenz diagnostiziert. Oft wird diese Differenz jedoch von den Gastarbeiterfamilien selbst nicht so empfunden. Jugendliche stehen daher in einem Zwiespalt. Das

[156] Zu den sieben Thesen der Ethnizität siehe den hervorragenden Artikel von Andre Gingrich, Ethnizität für die Praxis, in: Ethnohistorie (Wien 1998) S. 102-108.

Gefühl, nirgendwo ganz dazuzugehören, stellt sich ein und wird als bedrückend empfunden.

Der Gesprächskreis mit den Jugendlichen des Vereines Z&SAM und die Arbeiten der Schüler der Stubenbastei haben gezeigt, daß es für junge Menschen wichtig ist, über die Probleme des Alltags und des Zusammenlebens der unterschiedlichen ethnischen Gruppen in Wien zu sprechen. Wir haben die Form eines runden Tisches für unsere Gespräche deshalb gewählt, weil die Kommunikation untereinander und das bessere gegenseitige Kennenlernen eines der Hauptziele unseres Projektes war. Dieses Konzept ist voll aufgegangen, und wir glauben sagen zu können, daß die Jugendlichen voneinander und natürlich auch wir von ihnen, eine Menge erfahren und gelernt haben.

Bibliographie

„Das Fremde muß eine Heimat finden. Interview mit Barbara John, Ausländerbeauftragte des Landes Berlin (Frankfurter Rundschau, 29. 01. 1999), in: http://www.infolinks.de/dirml/99/01/9901292d681c2a.htm (Stand 17.08.1999).

Amery Jean, Jenseits von Schuld und Sühne. Bewältigungsversuch eines Überwältigten (Stuttgart[2] 1980), in: Heimat. Auf der Suche nach der verlorenen Identität, hrsg. Joachim Riedl (Ausstellungskatalog des Jüdischen Museums der Stadt Wien 10. 02. – 27. 03. 1995, Wien 1995) S. 12-14.

Bergel Hans, Heimat ist Freiheit. Gedanken zu einem Wort, das keiner Rechtfertigung bedarf, in: Festschrift zur 125-Jahrfeier des Bestandes der Siebenbürger Sachsen in Wien, Niederösterreich und Burgenland (Wien 1996).

Biffl Gudrun, Die Arbeitsmigranten, in: Fremde Heimat: Emigranten, Immigranten (= Knappe Güter Bd. 3, Wien 1992) S. 34-39.

Bös Mathias, Migration als Problem offener Gesellschaften: Globalisierung und sozialer Wandel in Westeuropa und Nordamerika (Opladen 1997).

Brieden Thomas, Konfliktimport durch Immigration. Auswirkungen ethnischer Konflikte im Herkunftsland auf die Integations- und Identitätsentwicklung von Immigranten in der Bundesrepublik Deutschland (Hamburg 1996, zugl. Wuppertal Diss. 1995).

Bundesministerium für Wissenschaft, Forschung und Kunst (Hrsg.), Fremdenfeindlichkeit. Konflikte um die groben Unterschiede (Symposium zur Entwicklung eines Forschungsprogrammes, Wien 27. – 28. 10. 1994).

Carter Paul, Living in a new country. History, travelling and language (London 1992).

Chambers Ian, Migration, Kultur, Identität (Dt. Übersetzung von Gudrun Schmidt / Jürgen Freudl (= Stauffenburg Discussions Bd. 3. Tübingen 1996).

Faßmann Heinz / Rainer Münz, Zwischen Integration und Unterschichtung, in: Fremde Heimat: Emigranten, Immigranten (= Knappe Güter Bd. 3, Wien 1992) S. 43-50.

Fremde Heimat Graz, ed. Christian Stenner (Graz / Wien / Köln 1995).

Fremde Heimat: Emigranten, Immigranten (= Knappe Güter Bd.3, Wien 1992).

Gingrich Andre, Ethnizität für die Praxis, in: Ethnohistorie und Kulturkritik. Eine Einführung, hrsg. Karl R. Wernhart / Werner Zips (Wien 1998) S. 99-111.

Kemal Kurt, Was ist die Mehrzahl von Heimat? Bilder eines türkisch-deutschen Doppellebens (Rowohlt Taschenbuch, Reinbeck bei Hamburg 1995).

Migrantenfamilien aus dem ehemaligen Jugoslawien und der Türkei in Österreich. Studie des Österreichischen Instituts für Familienforschung unter der Leitung von Univ. Prof. Dr. Michael Mitterauer, in: http://www.bmwf.gv.at/6extern/fremd/famfors.htm (Stand 05. 09. 1999).

Migration, Mobilität und Fremdenfeindlichkeit. Die Europäische Perspektive, in: Fremdenfeindlichkeit. Konflikte um die groben Unterschiede (Symposium zur Entwicklung eines Forschungsprogrammes, Wien 27. – 28. 10. 1994, hrsg. Bundesministerium für Wissenschaft, Forschung und Kunst) S. 59-109.

Möchel Andrea, Liebe ohne Grenzen, in: Wienerin (Wien April 1998) S. 36-42.

Mosberger Brigitte, Meine Heimat bin ich selbst. Eine qualitative Studie zur Identitätsbildung türkischer ImmigrantInnenkinder (Wien Dipl. 1996).

Mückler Hermann, Migrationsforschung und Ethnohistorie, in: Ethnohistorie. Rekonstruktion und Kulturkritik. Eine Einführung, hrsg. Karl R. Wernhart / Werner Zips (Wien 1998) S. 113-134.

Müller-Funk Wolfgang (Hrsg.), Neue Heimaten, neue Fremden. Beiträge zur kontinentalen Spannungslage (Wien 1992).

Münz Rainer, Völker unterwegs. Ein zeitgeschichtlicher Abriß der Massenmigration in Europa des 20. Jahrhunderts, in: Neue Heimaten, neue Fremden: Beiträge zur kontinentalen Spannungslage, hrsg. Wolfgang Müller-Funk (Wien 1992) S. 79-91.

Riedl Joachim (Hrsg.), Heimat. Auf der Suche nach der verlorenen Identität (Ausstellungskatalog des Jüdischen Museums der Stadt Wien 10. 02. – 27. 03. 1995, Wien 1995).

Stippinger Christa (Hrsg.), Jeder ist anderswo ein Fremder. Eine Anthologie mit Texten und Interviews der Autoren und Autorinnen der Schreibwerkstadt für ZuwanderInnen und Angehörige ethnischer Minderheiten in Österreich 1995/96 im Amerlinghaus (= Interkulturelle Reihe des Vereins Exil im Amerlinghaus Bd 1, Wien 1996).

Stippinger Christa (Hrsg.), Schreiben zwischen den Kulturen. Eine Anthologie (Wien 1997).

Sykes Lilli, „Ich stelle mich immer mit 'I´m a bloody foreigner' vor...", in: Die Heimat wurde ihnen fremd, die Fremde nicht zur Heimat. Erinnerungen österreichischer Juden aus dem Exil, hrsg. Helga Embacher (Wien 1993) S. 167-172.

Wernhart Karl R. / Zips Werner (Hrsg.), Ethnohistorie. Rekonstruktion und Kulturkritik. Eine Einführung (Wien 1998).

Wimmer Adi (Hrsg.), Die Heimat wurde ihnen fremd, die Fremde nicht zur Heimat. Erinnerungen österreichischer Juden aus dem Exil (Wien 1993).

Sabine Loitfellner und Elke Peyerl: RECHT AUF HEIMAT? DIE RECHTLICHE STELLUNG VON MIGRANT/INNEN

> „Jeder Mensch hat Anspruch auf eine Staatsangehörigkeit. Niemandem darf seine Staatsangehörigkeit willkürlich entzogen noch ihm das Recht versagt werden, seine Staatsangehörigkeit zu wechseln."[157]

Die Entscheidung darüber, wer zum „Staatsvolk" gehört, richtet sich nicht nach ethnischen, biologischen, kulturellen oder sprachlichen Merkmalen, sondern nach einem rein juristischen Begriff - dem der Staatsangehörigkeit. Seine Entstehung hängt mit der Entwicklung des modernen Staates zusammen, erst im 19. Jahrhundert erreichte der moderne Begriff der Staatsangehörigkeit seine rechtliche Gestalt.

Der Erwerb der Staatszugehörigkeit erfolgt hauptsächlich durch zwei Vorgänge, entweder durch Geburt oder durch Einbürgerung. Hinsichtlich des Erwerbs der Staatsangehörigkeit durch Geburt sind zwei Grundprinzipien möglich – zum einen ius soli (Territorialitätsprinzip) und zum anderen ius sanguinis (Personalitätsprinzip). Das ius soli-Prinzip bestimmt, daß ein neugeborenes Kind die Staatsangehörigkeit des Landes erwirbt, in dem es geboren wurde – unabhängig von der Staatsangehörigkeit der Eltern. Das

[157] Artikel 15 der Allgemeinen Erklärung der Menschenrechte vom 10. Dezember 1948

Personalitätsprinzip hingegen hat zur Folge, daß ein Nachkomme automatisch die Staatsangehörigkeit der Eltern oder eines Elternteils erhält, ohne Rücksicht auf den Ort der Geburt.[158] Die meisten „zuwanderungsfeindlichen" Staaten – wie auch die Republik Österreich - bekennen sich gegenwärtig zum ius-sanguinis-Prinzip, woraus sich aber zahlreiche Probleme für MigrantInnen und deren Nachkommen ergeben können.

§ 7, Abschnitt II des Staatsbürgerschaftsgesetzes (StbG) 1985 besagt:

> Eheliche Kinder erwerben die Staatsbürgerschaft mit der Geburt, wenn
> in diesem Zeitpunkt ein Elternteil Staatsbürger ist oder
> ein Elternteil, der vorher verstorben ist, am Tag seines Ablebens Staatsbürger war
> ...
> Uneheliche Kinder erwerben die Staatsbürgerschaft mit der Geburt, wenn ihre Mutter in diesem Zeitpunkt Staatsbürger ist....

Für MigrantInnen bedeutet dieser Gesetzesparagraph, daß sie sich, wenn sie in Österreich eine zweite Heimat gefunden haben, darüber bewußt sein müssen, daß ihre in Österreich geborenen Kinder nicht per se österreichische StaatsbürgerInnen werden. Nachkommen von ehemaligen Einwanderern, die noch keine österreichische Staatsbürgerschaft besitzen, werden automatisch

[158] Kimminich Otto, Einführung in das Völkerrecht(Tübingen 1997), S. 123-124.

Staatsangehörige des Herkunftslandes der Eltern.[159] MigrantInnen befinden sich nun tatsächlich zwischen den Heimaten, zumal sie in ihrem vermeintlichen „Gastland" (welches eigentlich mehr als das ist!), in dem sie aufgewachsen sind, sozialisiert wurden und auch leben möchten, keinerlei staatsbürgerlichen Rechte besitzen, zugleich aber mit dem „juristischen Heimatland" sehr oft keinerlei Verbindung oder Bezüge (es sei denn die tradierten emotionellen Bindungen der Eltern an das Herkunftsland) haben. Mögen viele MigrantInnen auch niemals ein anderes Land als das ihrer Geburt gesehen haben, so haben sie der Rechtssprechung folgend dennoch hier nicht ihre Heimat.

Fest steht auch, daß MigrantInnen, wenn sie nicht EU-BügerInnen sind, keinerlei politische Partizipationsrechte haben. Sie können nicht mitbestimmen, wer in Zukunft über sie bestimmt! Das Wahlrecht innerhalb der EU wurde zwar prinzipiell inoffiziell anerkannt, zumal EU-BürgerInnen auf Kommunalebene wählen dürfen. Die diesbezügliche Situation in Wien ist aber anders (Auch der *Fremden*verkehr wirbt ja bekanntlich mit der Andersartigkeit!). Der Verweis auf die gleichzeitige Landtagsfunktion des Wiener Gemeinderates

[159] Im übrigen fallen auch in Österreich neugeborene Kinder von MigrantInnen unter die vielbesagte „Ausländerquote". Es geht hierbei um die Höchstzahl von Bewilligungen, die MigrantInnen aus nicht EU-Ländern, die in Österreich einen ordentlichen Wohnsitz begründen wollen, benötigen (neben anderen Bewilligungen wie z.B. eine Bewilligung nach dem Ausländerbeschäftigungsgesetz, etc.). Diese Höchstquote wird jährlich von der Bundesregierung im Einvernehmen mit dem Nationalrat per Verordnung festgelegt. Vgl. dazu: Raschauer Bernd, Besonderes Verwaltungsrecht (Wien 1994), S. 71.

reichte aus, um sich das „Schreckgespenst wählender Ausländer vom Hals“[160] zu schaffen.

Auch der Erwerb bzw. die Verleihung der österreichischen Staatsbürgerschaft ist im Staatsbürgerschaftsgesetz geregelt und an die Erfüllung bestimmter Kriterien (wie etwa die Innehabung eines Hauptwohnsitzes in Österreich seit 10 Jahren, keine Begehung von bestimmten Straftaten, MigrantInnen müssen *„nach [ihren] bisherigen Verhalten Gewähr dafür biete[n], daß [sie] zur Republik Österreich bejahend eingestellt [sind]“*[161], ihr Lebensunterhalt muß ausreichend gesichert sein, etc.) gebunden.

Allerdings gelten auch eingebürgerte MigrantInnen in Österreich sehr oft immer noch als „Ausländer“, zumal für viele die „Zugehörigkeit zum österreichischen Volk“ immer noch über „Aussehen“ definiert wird. Die Volksmeinung geht davon aus, daß *„ein Ausländer eben dann einer ist, wenn man es ihm ansieht.“*

Bibliographie

Der Falter. Stadtzeitung Wien, Nr. 39/99.
Kimminich Otto, Einführung in das Völkerrecht (Tübingen 1997).
Raschauer Bernd, Besonderes Verwaltungsrecht (Wien 1994).

---

160 Der Falter. Stadtzeitung Wien, Nr. 39/99, S. 7.
161 StbG, Abschn II, § 10/6

Verena Krawarik, Sabine Loitfellner, Susanne Marcini, Elke Peyerl und Eva Zeindl: GESPRÄCHSKREISE UND BEITRÄGE ZU „ZWISCHEN DEN HEIMATEN"

Die reale Umsetzung des Projektes „Zwischen den HeimatEn" war in mehrere Teilbereiche aufgegliedert:

- Sammeln von schriftlichen Beiträgen
- Abhalten eines Aktionstages
- Abhalten von Gesprächskreisen außerhalb des Aktionstages

Das Sammeln schriftlicher Beiträge ging einerseits aktiv, andererseits passiv vor sich. Aktiv heißt, daß Informationsmaterial ausgesandt, via Internet Kontakte zu späteren Projektteilnehmern geknüpft oder Menschen direkt angesprochen und gebeten wurden, etwas zum Projekt „Zwischen den HeimatEn" beizutragen.

Der Aktionstag war in mehrere Bereiche untergliedert. Es gab eine Kunst-, eine Schreibwerkstatt und einen Gesprächskreis.

In der Kunstwerkstatt konnte man seinen Heimatgedanken unter Leitung der Kunstpädagogin Elisabeth Fritsche künstlerisch freien Lauf lassen. Das Endergebnis wurde auf den Einband dieses Buches abgedruckt.

Die Schreibwerkstatt war methodisch in zwei Bereiche gegliedert. Zum einen konnte man über Heimat,

Heimaten, Zwischen den Heimaten frei – auf Papier oder einer vorbereiteten „Schreibwand“ – arbeiten, zum anderen wurden im Hinblick auf die theoretischen Teile, die mit der Publikation abgedeckt werden sollten, auch gezielte Fragen an die Projektteilnehmer gestellt. Diese Fragen lauteten im wesentlichen:

- Gibt es für Sie nur eine Heimat oder mehrere Heimaten?
- Was bedeutet Heimat für Sie? Ist es ein Ort, ein Gefühl, ein Mensch, den Sie lieben, ein spezielles Gericht oder Getränk, besondere Kleidung, ein Brauch?
- Seit wann gibt es Heimat a) in der Geschichte b) für Sie persönlich?
- Können Sie ohne Ihre Heimat leben?

Nach den gezielten Fragen war ebenfalls Platz für die freie Aufarbeitung des Themas.

Der Gesprächskreis wurde vor dem Hintergrund konzipiert, daß Integration sehr oft über Sprache stattfindet und daß man manches zwar aussprechen, vielleicht aber nicht zu Papier bringen kann. Der Aktionstag selbst bot Zeit, um zwei Gesprächskreise abzuhalten.

I. Transkription der Gesprächskreise

Die stattgefundenen Gesprächskreise auf ein Minimum an Zeilen zusammenzufassen, würde heißen, sie ihrer Einzigartigkeit und Vielfalt zu berauben. Trotzdem war es notwendig, aufgrund der umfangreichen Transkriptionen, Kürzungen vorzunehmen, wobei aber versucht wurde, so viel wie möglich vom Originaltext zu erhalten. Die Hervorhebung (unterstrichenen Textpassagen) von wesentlichen Aussagen sollen als Leitfaden dienen. Sie vermögen vielleicht Antworten auf Fragen zu geben, die sich einer Migrantin, Asylantin oder einem Migranten, Asylanten in Wien oder Österreich mitunter stellen mögen.

Die Gesprächskreise wurden bewußt so gestaltet, daß sich die daran Teilnehmenden zwanglos über das gestellte Thema unterhalten konnten. Die Leiter der Kreise griffen nur dann ein, wenn das Gespräch an einem Punkt angelangt war, der für das Thema „Zwischen den HeimatEn" weniger bedeutend war, wenngleich er für das tägliche Leben sehr wichtig sein kann.

1. Gesprächskreis anläßlich des Aktionstages „Zwischen den HeimatEn": 3. September 1999

Teilnehmer: Paulo Bitencourt stammt aus Brasilien und lebt seit fast zehn Jahren in Österreich. Hier hat er seinen Freund, Roberson Marczak, kennengelernt. Roberson ist ebenfalls Brasilianer und seit 6 Jahren in Österreich. Die Runde wird durch Peter

Jungmayer, der sein ganzen Leben (29 Jahre) in Österreich (Wien) verbracht hat und noch immer verbringt und Erich Zeisl, der ebenfalls Zeit seines Lebens in Wien gewohnt hat und auch jetzt noch dort wohnt, vervollständigt.

Gesprächsleiter: Susanne Marcini
Verena Krawarik

Transkription: Elke Peyerl

Susanne: Kann es mehr als eine Heimat geben? Bedeutet das Wort etwas für Euch?

Paulo: Das Wort Heimat auf brasilianisch „lar“, heißt eher „Familie“, hat mit Haus zu tun. „Lar“ steht dem Begriff „Heimat“ am nächsten, mehr im Sinne von „Familie“. Ich habe zum ersten Mal dieses Jahr erlebt – ich bin schon seit fast 10 Jahren hier – diesen Sommer war ich ein Monat drüben *(in Brasilien)* – zum ersten Mal hatte ich richtig Lust, zurückzukommen nach Wien, weil ich gedacht habe, daß meine Sachen hier sind, obwohl ich dort geboren bin. Es sind die meisten Freunde hier, meine Sachen, Studium. Ich habe mich gefreut, nach Wien zu kommen. Zum ersten Mal ist es richtig, daß das Land dort mein Land ist, in dem meine Familie lebt, das wird so bleiben, aber meine Sachen sind nicht mehr dort. Daher erlebe ich zum ersten Mal auch das Gefühl von Heimat, dieses Jahr. Das hat so lange gedauert, bis ich auch verstanden habe, daß es so ist.

Peter: Du hattest dieses Gefühl zum ersten Mal, als Du Dich gefreut hast, wieder heimzukommen?

Paulo, *der mit „heim kommen" immer noch Brasilien verbindet*:
Ich war immer wieder dort, für ein, zwei Monate. Es war immer so, daß wenn ich wieder nach Wien zurückkehrte, war ich die ersten Tage immer traurig, melancholisch, daß ich hier sein mußte, weil ich hier studiere. Ich war nicht wirklich froh, es war in diesem Jahr das erste Mal, daß ich mich gefreut habe oder nicht mehr das schlechte Gefühl hatte, als ich wieder zurückkam. Auch schon ein paar Tage vor der Abreise war ich unruhig, Brasilien ist nur noch Urlaubsziel für mich, meine Eltern und meine Brüder wohnen dort. Es ist ein wunderschönes Land, ich fahre sehr gern dorthin, das Land erkunden, neue Sachen dort entdecken. Es hat mir aber die Beschäftigung mit dem Alltag gefehlt, mit den Dingen, weil ich dort nichts mehr habe. ...

Peter: Kannst Du Dir vorstellen, in Brasilien wieder einen Alltag aufzubauen? Könntest Du Dein Leben so umkrempeln, daß Du wieder ein Gefühl von Heimat in Brasilien hättest? Ich meine, daß Du das, was Du in Wien hast, wieder auf Brasilien zurückprojezieren könntest?

Paulo: Theoretisch schon. Aber ich habe mich in den neun Jahren sehr verändert. Auch der Kontakt mit anderen Kulturen. Hier in Wien begegnet man vielen anderen Menschen, aus anderen Ländern. Es ist der Treff der Kulturen größer. In Brasilien gibt es auch sehr viele Ausländer, aber es ist ein großes Land ... Es ist nicht wie hier, daß man Menschen aus Asien und anderen Ländern Europas trifft. Dieser Kontakt, natürlich auch mit Menschen aus Wien, hat mich verändert. Ich fühle mich teilweise selber anders dort. Ich hatte die Angst, nicht in den Alltag Brasiliens hineinzupassen, weil ich anders denke, ich bin schon ein bißchen komisch geworden, weil ich andere Geschmäcker habe und schon andere Gewohnheiten. Es gibt Sachen, die mir hier gefallen, die die Menschen dort nicht kennen, und es ist für Leute, die aufgeschlossen sind, interessant, aber die meisten - sagen wir - die Masse, wird nicht verstehen, warum ich das oder das mag, was ich hier aber erst kennengelernt habe.

Susanne: Gilt das für Dich *(Roberson)* nicht?

Roberson: Nein, ich könnte mir schon eine Zukunft in Brasilien vorstellen. Ich habe schon vor, zurückzugehen. Vielleicht nicht sofort, aber vielleicht nächstes Jahr. Ich bin schon seit sechs Jahren hier und fühle mich auch sehr wohl in Österreich und wie gesagt, als ich hierher gekommen bin, habe ich gedacht, daß der Job gepaßt hat, die Wohnung und alles, um da zu bleiben. Die Sache hat sich so entwickelt, daß ich jetzt weiß, daß ich in naher Zukunft zurück will. Die Erfahrung war aber sehr wichtig für mich, wie Paulo gesagt hat, eine neue Kultur kennenzulernen, eine neue Art des Verhaltens, der Beziehung. Das war sehr wichtig für mich. Das hat meiner Kultur sehr viel beigebracht, für meine Entwicklung als Mensch und auch für meinen Beruf war Wien wichtig. Ich habe schon das Land sehr gern. Wien ist eine wunderbare Stadt. Die Menschen sind nicht besser oder schlechter als in Brasilien. Ich glaube, die Menschen sind in allen Ländern gleich. Es gibt glückliche, nette, sympathische Menschen oder arrogante oder eingebildete – wie in Brasilien oder in anderen Ländern. Ich glaube, nur die Art, wie die Gefühle ausgedrückt werden, ist einfach eine andere. Wenn man in einer anderen Kultur leben will, dann muß man einfach lernen, wie man sich jede Kultur herausfischen kann, dann kann man sich anpassen. Ich habe sehr viel hier gelernt.

Paulo: Es ist so, daß wir auch verschiedene Sachen machen. Ich habe mit Musik, also klassischer Musik zu tun, ich mag Photographie und Malerei und so weiter, alles, was mit Kunst zu tun hat. Bei uns *(Paulo spricht von Brasilien noch immer als „bei uns".)* ist das anders. Brasilien ist ein Land, in dem man sehr viel feiern kann. Es gibt viele Straßenfeste, Karneval noch dazu. Es ist etwas zu seicht für mich, was den Geist angeht. Deswegen fühle ich mich in Europa besser aufgehoben, weil ich hier vielleicht gewissermaßen besser kombinieren kann, daß ich selber auch ein kritisches Denken haben möchte.

Peter: Entschuldige, hat sich das erst da entwickelt?

Paulo: Erst hier. Also vorher habe ich diese Sachen nicht gekannt, also auch diese Denkweise nicht gekannt. Ich war einer von vielen in der Masse, also ich ...

Peter: Aber das, was Du jetzt eben gesagt hast, diese Kultur und das, das ist dir dort ja nicht abgegangen, weil du es nicht gekannt hast, oder?

Paulo: Es ist mir nicht abgegangen. Das ist es. Wenn man einmal ins Ausland geht und etwas anderes sieht, dann erst geht es einem ab, wenn man vielleicht auch die Veranlagung hat, und vielleicht war ich veranlagt, nur ich hatte das nicht gekannt. Und hier habe ich diesen Boden betreten, wo die Menschen sich vielleicht mehr Gedanken machen, z.B. über Umwelt, über Kultur auch allgemein, selbst der Staat fördert solche Sachen und bei uns wird das nicht in diesem Ausmaß gefördert wie hier. Es gibt auch viele Sachen. Aber natürlich nicht in diesem Ausmaß. Und das würde mir dann fehlen, wenn ich dann dort leben würde. Ich müßte dann immer nach Sao Paulo gehen, wo es mehr Sachen gibt, Ausstellungen, Theater oder so, aber dort würde ich nicht leben wollen, weil das ist mir viel zu groß. Es ist sehr interessant, wenn Du eine Woche dort bist, aber dann ist es so ein Chaos. In Brasilien würde ich dann eher in einer Kleinstadt leben, an der Küste irgendwo, aber da ist dann nichts von dem, was ich mag.

Peter: Wie waren Deine Anfänge hier in Wien, war irgendwie eine große Schwellenangst da, sich jetzt auf das alles einzulassen oder war die Neugierde so groß, daß es leicht gefallen ist, sich auf das Fremde einzulassen und das Fremde kennenzulernen? Ist es leicht gewesen, es an Dich heranzulassen oder bist Du am Anfang etwas reserviert gewesen und es hat sich erst mit der Zeit ergeben, daß Du es Dir schätzen gelernt hast?

Paulo: Ich habe ein abenteuerliches Temperament, ich wage vielleicht etwas. Als ich nach Europa kam, hatte ich Lust, etwas Neues zu sehen. Ich war offen und ich wollte die Sprache lernen usw. Ich habe hier auch bis heute wenige Kontakte mit Menschen aus meinem Land. Ich habe wirklich nicht so einen großen brasilianischen Freundeskreis. Dadurch konnte ich mich besser mit der neuen Sprache, mit der neuen Mentalität beschäftigen. Ich habe nicht in einer Kommune von Ausländern oder Brasilianern gelebt. Ich habe gleich am Anfang bei einer österreichischen Familie gelebt und da habe ich natürlich auch schon die Gewohnheiten gelernt für Schnell, Ausdrücke und Sprache.

Peter: Du hast schon in Brasilien Deutsch gelernt?

Paulo: Nein, erst hier. Ich habe kein Deutsch gekonnt, als ich hierher kam. Daher war es natürlich nicht leicht, aber es war eine Herausforderung und das ist das, was ich mag. Ich möchte das lernen, ich will etwas Neues lernen, wenn ich das will, mache ich es. Sprachen oder Gewohnheiten anderer Menschen, das sind Sachen, die ich mag. Es gibt Menschen, die vielleicht hierher kommen mit anderen Interessen, vielleicht wollen Sie hier viel Geld machen und arbeiten. Dann werden sie sehr schnell enttäuscht werden, weil es nicht so ist. Es ist nicht mehr so wie früher. Vielleicht war das in den 70er Jahren so, aber es ist nicht mehr so, daß man einfach so daher kommt. Diese Leute, aber das hat nichts damit so tun. ... Es gibt wirklich Menschen, die Lust haben, sich nicht zu integrieren. Die kommen da her, so als Fremdkörper und so wollen sie auch bleiben und dann gehen sie weg, weil das nicht geht. Brasilien hat nicht so eine Bedeutung im Sinne von Gesellschaft, es ist nicht so eine starke Gruppe, daß man sich hier nur unter Brasilianern bewegen könnte. Daher ist das auch ein Vorteil von uns. Wenn wir aus einem Land kommen würden wie Jugoslawien oder Türkei, wären größere Gruppen davon in Österreich und die leben untereinander und da würde man diese Erfahrung nicht machen können, die wir gemacht haben.

Paulo sieht das Leben unter eigenen Landsleuten somit als Hindernis oder Nachteil an, wenn man eine neue Kultur in sich aufnehmen möchte.

Roberson: ... Ich kann Paulo gut verstehen, was den kulturellen Aspekt betrifft. Ich habe auch lange Zeit Geige gespielt und klassische Musik gehabt. Ich weiß, wie schwer das in Brasilien zu machen ist. Es gibt sehr wenig Formen. Es gibt andere Prioritäten. Es gibt noch immer Menschen, die dort verhungern. Es gibt auch klassische Musik, sie ist sehr schön. Aber leider sind wir noch nicht so weit, meine ganze Familie ist – ich habe einen Bruder in Deutschland und einen in der Schweiz, die studieren dort. Und leider, wenn Du etwas in die Richtung machen willst, wie Kunst, Theater und Musik, mußt Du wirklich ins Ausland gehen und eine lange Zeit dort bleiben und vielleicht - wie Paulo meint -, für immer dort bleiben.

Paulo: Es gibt schon etwas dort, aber es ist nicht in diesem Ausmaß und vor allem das Interesse des Staates ist nicht so groß, also und hier erlebe ich mehr – es gibt auch hier eine Kluft, die gibt es in jedem Land, z.B. zwischen älteren und jungen Menschen oder vielleicht klassischer Musik oder Theater und der Popszene. Aber hier gehen noch immer viele Studenten in die Oper oder in den Musikverein oder jetzt auf den Rathausplatz. Bei uns wäre das nur für eine ganz kleine Minderheit. Ich selbst habe das damals nicht einmal gekannt, ich habe nicht geahnt, was es ist. Ich habe meine ersten Opern in Wien gesehen und hier bin ich auch auf den Geschmack gekommen, daß ich zum Beispiel singen wollte. *(Hier zeigt sich, daß neue Kulturen, neue Fähigkeiten entwickeln oder wach rufen können.)* Dann ist es jetzt so, daß wenn ich dort hingehe, würde mir das fehlen. Ich empfinde immer mehr, es gibt kein perfektes Land, weil das Leben nicht perfekt sein kann und auch nicht wird, vielleicht soll es das auch nicht werden, und Brasilien erlebe ich immer mehr mit anderen Augen, wenn ich dorthin fliege. Es ist für mich selber schön und bunt und üppig. Das sind Sachen, die ich selber dort nicht gesehen habe, als ich dort gelebt habe. Jetzt erlebe ich mein eigenes Land mit viel besseren Augen. Ich sehe die Schätze viel mehr und die schönen Sachen. Selbst einfache Blumen, die ich heute sehe, empfinde ich als wunderbare Pflanzen und ich habe nie gesehen, daß es sie gab. Das ist auch sehr schön, daß man die Möglichkeit hat, das eigene Land anders zu sehen und vielleicht besser zu schätzen und mehr zu mögen.

Peter: Jetzt möchte ich dazu sagen, um einen Unterschied aufzuzeigen. In meinem Leben ist Kunst, Literatur, Musik und Theater eigentlich am wichtigsten. Für mich sind diese Dinge ein Grund, warum ich gerne hier lebe und ich denke mir immer, weil ich glaube, daß ich das vielleicht woanders nicht so in dieser Form bekommen würde, daß mir das vielleicht woanders fehlen würde. Darum bin ich gerne in Wien, lebe ich gerne hier, weil mir diese Sachen wichtig sind, obwohl ich mir nicht denke, daß Wien so schön und Österreich ein so schönes Land ist. Das überhaupt nicht, aber die kulturellen Dinge wiegen eigentlich alles das, was mir hier nicht so gut gefällt, auf und das ist letztendlich der Grund, warum ich mir nicht vorstellen könnte, woanders hinzugehen, weil das für mich eben das Wichtigste ist.

Paulo: Ich denke auch, es ist immer so etwas. Kann sein, daß Du Dir eines Tages sagst „Ich habe genug davon". Kann sein, daß man sich so sehr damit beschäftigt und man will etwas Ruhe, an nichts denken oder nur bei sich, das alles, was man bei sich angesammelt hat, an Sachen und vielleicht sich ansiedeln, sagen wir so, in einem Fischerdorf irgendwo. Es ist so, daß man schon von Natur aus das sucht, was man nicht gehabt hat. Kann sein. Und ich bin gerne hier, weil ich diese Sache dort eben nicht gehabt habe, also diese geistige Seite, aber wie gesagt, ich kann wirklich nicht sagen, wie lange das sein wird. Noch ist es mir sehr wichtig. Es kann sein, daß ich einmal sage, gut jetzt kann ich damit leben, jetzt brauche ich nicht mehr. ... Sie sind für mich neu, diese Sachen, Ausstellungen, Kultur, Europa und so weiter. Andererseits fange ich jetzt an, die Sachen kritisch zu sehen und auszuwählen, was ich sehen will oder was mir vielleicht gefällt, ... und manchmal denke ich, es gibt auch so viel Angebot, es ist schon so ein Überschuß, daß man schon aufpassen muß, daß man nicht müde wird, weil es gibt fast zu viel hier. Es ist schon ein anderes Extrem, lustigerweise. ...

Peter: Ich denke, manchmal ist es ganz komisch. Ich könnte sagen, der Grund, warum ich gerne in Wien bin, ist, weil mir Kultur wichtig ist, aber dann denke ich mir wieder, es gibt so viele Menschen, ich glaube 90% aller Wiener sind überhaupt nicht interessiert an Kunst, die für Dich sehr wohl eine Attraktivität ausmacht, ... Da denke ich mir, für mich ist das der Grund, warum ich gerne in Wien bin, aber für die anderen. Die bekommen von diesen reichem Angebot gar nichts mit, das interessiert sie gar nicht. Die kommen nie auf die Idee, daß sie in die Oper gehen könnte, ins Konzert oder ins Museum. Ich denke mir, wenn mir Kultur nicht so wichtig wäre, dann wäre ich vielleicht offener für andere Länder und für andere Dinge und könnte mir eher vorstellen, wegzugehen. Aber für mich ist eben das vielleicht gerade ein Vorwand dafür, hier zu bleiben.

Paulo: Aber es gibt sicher einen Reiz, wenn Du irgendwo hingehst, wo es solche Sachen nicht gibt, weil Du die Menschen so entspannt empfindest. Bei uns am Land, das ist, es gibt Menschen, die nichts von Opern und so wissen. Die sind so einfach, das bewegt und auch mich selber, wenn ich sie sehe. Sie sind so natürlich, sie sind glücklich, sie wissen von keinen Problemen.

Peter: Einfältig irgendwie.

Paulo: Ja, aber vielleicht leben sie sogar besser, weil wir kennen zu viel, dadurch sind wir anspruchsvoller und wir leiden auch mehr als diese Menschen.

Peter: Wir sind weniger leicht zufrieden zu stellen dadurch.

Erneutes Sprechen über den hohen Stellenwert von Kultur in Peters Leben.

Susanne: Und was ist mit Freunden, Familie? Spielen die nicht auch eine Rolle, daß Du sagst, in eine andere Stadt würdest Du nicht gehen? Ist es nur das kulturelle Angebot in Wien, das Dich hält oder ist es vielleicht auch so, daß es Freunde, Familie und das Stadtbild selbst, Vertrautes ist, daß Dich hier bleiben läßt?

Peter: Na ja gut, das gehört alles irgendwie zur Kultur dazu, würde ich sagen. Kulturbegriff würde ich auch ausweiten, auf Stadt und so. An sich kommt es auf die Lebensqualität an. Freunde treffen, gehört dazu.

...

Verena: Am vorigen Gesprächskreis *(Anmerkung: Das Band des ersten Gesprächskreises am Aktionstag wurde leider beschädigt und kann hier daher nicht als Transkript wiedergegeben werden)* haben doch ältere Leute teilgenommen. Zwei der Teilnehmerinnen meinten, meine Heimat ist dort, wo mein Ehemann ist. Umformuliert würde das vielleicht bedeuten: Heimat ist dort, wo meine Familie und meine Freunde sind, meine Frau, meine Kinder oder so. Würde das für Euch zutreffen oder glaubt ihr, daß das etwas ist, was einfach eine andere Generation betrifft und Ihr nicht mehr so denkt?

Erich: Ich glaube schon, daß es natürlich auch ein Generationsproblem ist. Aber ich finde es sehr interessant, daß wir so viele Gäste heute hier haben, die aus dem Ausland kommen und auch interessanter, selber zuzuhören, als selber zu sprechen. Dennoch glaube ich, daß man immer unterscheiden müßte, und ich meine, daß das bei dieser Diskussion sehr schön rausgekommen ist, ob man von einem Abstraktum als Heimatbegriff spricht oder einem Konkretum. Als Abstraktum gesehen ist es natürlich interessant, daß der Begriff der Heimat, der im Deutschen ja eine – sagen wir mal – eine sehr große Abwertung durch die Vergangenheit hat oder zumindest für die Leute, die ein bißchen sensibilisiert sind auf dieses Thema, und daß der Ausdruck der Heimat selber an sich, so wie er als Wort existiert, eigentlich in anderen Sprachen ja eine vollkommen andere Bedeutung hat. Wie Ihr es etwa von Brasilien gesagt habt. In England ist es ähnlich, auch in Schweden als hem, das Heim, an sich und selbst das Wort bei uns eigentlich schon sehr, sehr große negative Wirkung an sich hat. Interessant ist natürlich auch zu betrachten, was für ein Mensch das ist, der das sagt, also, wenn man z.B. – ich halte diese Runde für eine sehr introvertierte Runde – d.h. auch die Sachen, die Du *(an Paulo gewandt)* gesagt hast, sind Sachen, die dem Peter wichtig sind und sicherlich auch mir wichtig sind, nämlich es ist interessant, daß Deine Heimat dort ist, auch wo Deine Sachen sind. Das erinnert mich irgendwie an den Spruch von Erasmus von Rotterdam, der große Humanist, der einmal gesagt hat „Meine Heimat ist dort, wo meine Bücher sind" und auch einen gewissen Wertkonservatismus, wenn man dem Peter seine Meinung hört. Wertkonservatismus muß nichts Schlechtes sein, denn hier in Wien ist einem alles bekannt. Hier weiß man, wo man hingeht und man geht gerne dorthin. Einen Metropolenwechsel selbst, wie Du (*an Susanne gewandt*) ihn angesprochen hast, halte ich in der Sache bedenklich, wie z.B. mir meine Schüler im Deutschunterricht auch manchmal sagen, daß es furchtbar schwer ist – und es wäre dann interessant, dann auch Eure Meinung dazu zu hören –, sich in einem anderen Land, wenn man schon als intellektuelle entwickelter Mensch herkommt, man kommt ja nicht als frischer Mensch her, sich sozusagen dann mit einer neuen Sprache auf ein vollkommen anderes Sprachniveau zu bewegen, nicht mehr sagen zu können, was einem wirklich bewegt, sich nicht richtig ausdrücken zu können am Anfang, denn ich glaube, das sind wirklich die Schwierigkeiten für die meisten Menschen, die hier herkommen. Ich sage einmal, dieses kulturelle und Kunstbedürfnis, ja, vergeistigt, man bringt eine gewisse Vergeistigung und Introvertiertheit mit. Dann in einer neuen Sprache nicht mehr das sagen zu können, was man eigentlich fühlt, ist schwer, und man muß von einem ganz geringen Niveau am Anfang ausgehen. Wie war das bei Dir *(Paulo)*, war das nicht ein Problem?

Paulo: Ja, schon. Es ist noch immer so. Ich glaube, daß das eine Sache ist, die sehr schwer ist, vielleicht die schwierigste. Du kannst in einem Land sehr lange leben, vielleicht wirst Du diese Sprache aber nie wirklich total beherrschen, so daß Du wirklich alles sagen kannst. Weil auch in der eigenen Sprache ist es schon manchmal schwer, wirklich alles sagen zu können. In einer neuen Sprache noch mehr. Manchmal, wenn ich z.B. nervös bin, vielleicht bin ich irritiert und ich will etwas sagen und vielleicht fällt mir das dann schwerer. Ich muß ganz entspannt sein, um alles sagen zu können, was ich will. Wenn ich aber plötzlich nervös bin, z.B. irgendwie gereizt, dann kommen mir die Worte nicht so leicht, was in der Muttersprache besser gehen würde. Aber vielleicht ist es besser so, denn vielleicht muß ich mich dadurch mehr zurückhalten. Das lernt man auch. Ich glaube, die Kommunikation ist wirklich etwas Wichtiges. Es ist mir auch schon durch den Kopf gegangen, bezüglich Freundin oder Ehefrau, daß ich mir gedacht habe, es ist schon schwieriger, eine Frau aus einem anderen Land zu haben, auch wegen der Kinder. Jeder von uns würde die Muttersprache des anderen nicht wirklich beherrschen. Dann kommen die Kinder, und wie wird das sein. Ich mache nicht diese Selektion, daß ich sage, ich will nur eine Brasilianerin als Ehefrau haben, ... obwohl es vielleicht leichter wäre. Andererseits ist auch der Reiz da, ein Mensch aus einem anderen Land bringt wieder etwas Neues.

Peter: Wie ist das eigentlich bei Dir, haben die Gefühle und Gedanken auch eine eigene Sprache? Werden die von einer Sprache in die andere übersetzt? Oder wie ist das?

Paulo: Die Gefühle. Habe ich das richtig verstanden?

Peter: Sagen wir – deine Gedanken, weil die doch immer mit Sprache assoziiert sind. Gefühle sind doch eine Stufe darüber stehend. Deine Gedanken, denkst Du immer noch in Deiner Muttersprache, schaltest dann um und äußerst Dich in der Fremdsprache Deutsch? Oder bist Du irgendwie so weit, daß Du auch in Deutsch denkst?

Paulo: Es ist schon sehr verinnerlicht, das Deutsch. Nach so vielen Jahren ist es schon so, daß ich in Deutsch denke bzw. manchmal ertappe ich mich, daß ich Sätze gemischt bilde, also einen Satz auf Deutsch, in dem zwei brasilianische Wörter sind oder umgekehrt oder Zahlen oder so. Es ist aber auch oft so, daß, wenn ich mit Roberson brasilianisch rede, daß ich immer wieder deutsche Wörter sagen muß, weil sie schneller kommen, weil die Distanz zum Brasilianischen jetzt größer geworden ist und auch der Fluß ist nicht mehr da. Obwohl ich glaube, daß man die Muttersprache nicht vergißt, schläft sie irgendwie ein bißchen ein, vielleicht die Wörter, die feiner wären, oder bessere Wörter und wenn ich mit ihm *(Roberson)* rede, ist es immer wieder so, daß dann ein deutsches Wort kommt, immer wieder. Wir machen so eine Art „Salat", Sprachsalat.

Roberson: Es passiert wirklich. Worte kommen nicht so schnell. Man greift zu dem, was schneller im Kopf kommt.

Paulo: Es ist auch so, daß Sprachen auch mit Mentalität zu tun haben. Es ist so, daß das Deutsche präziser ist, schneller zum Ziel führt und man nicht so viel umschreiben muß. Im Brasilianischen oder vielleicht in Latein, in romanischen Sprachen, muß man andere Verbindungen machen, auf Deutsch geht es schneller, vielleicht in einem Wort. Adjektive etwa kann man auf Deutsch binden.

Peter: Aber die deutschen Dichter behaupten immer das Gegenteil. Die sagen doch, daß Wörter wie Bleigewichte an der deutschen Sprache hängen und daß es deshalb so schwer fällt, sich in dieser Sprache so auszudrücken, wie sie wollen und daß es bei den romanischen Sprachen viel leichter ist, daß das mehr Eigendynamik hat und die deutsche Sprache so plump und so schwer ist und nicht so beflügelnd ist.

Erich: Na, vor allem im Gesang.

Paulo: Ich glaube, was die Melodie einer Sprache anbelangt, schon. Es ist schon so, daß wir z.B. viel weicher reden und auch melodischer vielleicht. Wir müssen auch die Konsonanten nicht so deutlich aussprechen.

Erich: Das machen wir hier aber auch nicht.

Fröhliches Lachen.

Paulo: Vielleicht in Österreich weniger. Aber bei uns ist noch mehr verschluckt. Es ist schon so, daß man bei uns reden kann, wie man will. Das wird dann verstanden. Es ist alles gebunden, also in einer Wurst, sozusagen, die Endungen. Es ist alles zusammen. Im Deutschen muß man schon ein bißchen mehr auf die Deutlichkeit aufpassen. Das bricht vielleicht auch ein bißchen den Fluß, es kann sein. Was wollte ich sagen? Z.B. Adjektive oder so, das ist für mich interessant, weil auf Deutsch kann man z.B. ein Substantiv mit einem Adjektiv zusammenbinden. Das ist dann ein Adjektiv, z.B. eiskalt oder so. Bei uns geht das nicht. Das Wort „eiskalt“ kannst Du nicht sagen, wie „eiskalt“, man muß „kalt wie Eis“ sagen.

Nach dem Sprachvergleich Deutsch : Brasilianisch folgen verschiedene Sprachspiele ...

Paulo: Dann ist es auf Deutsch schneller, deswegen kommen, wenn wir miteinander brasilianisch reden, immer wieder deutsche Wörter vor, weil es irgendwie leichter ist oder vielleicht wegen der Distanz.

Peter: Ist einem das dann fast unangenehm, daß man das deutsche Wort sagen muß? Kommt das dann nicht so wie ein Hoppala? Ist es dann eigentlich peinlich, daß ich dann nicht das richtige Wort dafür habe und das deutsche Wort sagen muß?

Paulo: Es ärgert mich nur insofern, weil ich vielleicht perfektionistisch mit Sprachen umgehe, und ich denke mir „Mein Gott, meine eigene Sprache“ und so. Ich bin dann ein bißchen verärgert, daß mir das Wort nicht eingefallen ist. Aber das hat keine Bedeutung, weil es ein deutsches Wort ist, es wäre genauso, wenn es ein englisches wäre oder ein anderes. Dann wäre ich genauso verärgert.

Verena: Wie Ihr nach Österreich gekommen seid, habt Ihr dann nur die spanische Sprache gekonnt? Wie sind die Leute, mit denen Ihr hier in Österreich umgegangen seid, wie haben die auf das reagiert?

Roberson: Ich bin mit Englisch, Portugiesisch und natürlich auch Spanisch hergekommen. Ich habe mir darüber viele Sorgen gemacht. Aber, die Leute haben sehr viel Verständnis gezeigt. Sie haben meist auf Englisch gesprochen. Irgendwann kam dann der Punkt, an dem ich mir gedacht habe, jetzt muß ich mich umschauen. Wenn ich hier leben möchte, dann ist es auch wichtig für mich, die deutsche Sprache zu sprechen. Es ist schwer, beim Fernsehen, in manchen Situationen, es ist schwierig. Ich glaube, das schlimmste Gefühl für mich ist, wenn ich mich nicht gut ausdrücken kann. Jetzt geht es einigermaßen.

Erich: Jetzt sind wir fast wieder am Anfang. Ist Heimat dann vielleicht das, wo meine Sprache gesprochen wird?

Roberson: Nein, das würde ich nicht behaupten. Für mich ist Heimat, wo ich mich gut fühle. Das ist für mich die Bedeutung in Wien. Diese Bedeutung haben wir im Portugiesischen nicht. Bei uns paßt eher das Wort „patria".

Erich: Vaterland, Land der Vorfahren.

Roberson: Genau. Die Sprache war schon eine große Herausforderung. Ich möchte nicht Behinderung sagen, ich habe es als große Herausforderung angenommen. Ich habe gedacht, es sei eine Frage der Zeit, bis ich die Sprache kann und ich habe mich wirklich sehr bemüht, sie zu lernen. Jetzt geht es.

Paulo: Es ist bei mir so gewesen, daß ich wirklich alles verstehen wollte und daher, wenn immer wieder neue Wörter waren, die ich nicht kannte, habe ich sie mir aufgeschrieben. Ich habe die Leute gefragt und habe auch in einem Buch nachgeschlagen, jemand hat mir sogar dann einmal ein Stilwörterbuch geschenkt. Das fand ich toll. Weil da so viele Sätze sind über ein Wort, also, wie man das Wort in verschiedenen Situationen, Redewendungen, anwenden kann. Vielleicht ist es eine persönliche Sache. Jeder hat eine andere Veranlagung. Ich wollte wirklich so gut wie möglich Deutsch lernen. Es nur zu können, war nicht genug. Ich wollte, wenn möglich, schön reden. ... Auch in der Oper, und ich habe noch ein Jahr in der Opernschule, gibt es manchmal Dialoge auf Deutsch. Also es gibt Opern, in denen man auch auf Deutsch reden muß. Ich wollte das so gut wie möglich. Es ist nicht so, daß es mir wichtig war, den Akzent zu verlieren. Ich glaube, daß das nicht gehen wird. So gut man vielleicht eine andere Sprachen lernen kann, irgendwie bleibt immer ein bißchen etwas von der eigenen Sprache. Vielleicht ist das auch schön. Aber ich wollte trotzdem, daß die Menschen mich verstehen und ich irgendwie dadurch mein Engagement zeige, auch im Sinne: Ich möchte auch einer von ihnen werden, indem ich versuche, auch so wie sie zu sprechen ... Wenn ich will, kann ich sogar ein bißchen Dialekt reden. Das ist sehr schwer, weil Dialekt eine eigene Sprache ist, sagen wir so, es ist für mich unverständlich. Es ist paradox. Dialekt ist normalerweise eine Vereinfachung der Menschen des Landes. Für die Ausländer ist Dialekt viel schwieriger zu lernen. Aber – spaßhalber – lerne ich immer wieder ein paar Wörter und ich sage sie auch. Die Menschen finden das witzig. Dadurch, daß ich aus dem Ausland komme, ist die Abneigung vielleicht nicht so groß, weil ich hier nicht geboren bin, und weiß, daß es eine Abwertung "Dialekt“ je nach Klasse, nach Situation gibt. Auch bei uns gibt es verschiedene Akzente, am Land sind die Menschen auch ganz anders und reden auch anders – dialektmäßig eben auch. Dort, wo er herkommt *(Roberson ist gemeint)* ist es ganz ländlich, z.B.

Gelächter.

Paulo: Das war nur Spaß.

Peter: Und wie kann man jetzt wirklich die deutsche Sprache so ganz perfekt lernen? Nur in Sprachkursen? Was gibt einem dann wirklich den letzten Schliff, damit man wirklich so perfekt Deutsch spricht wie Du? Kommt das durch das Sprechen mit anderen Menschen oder aus der Literatur, vom vielen Lesen?

Paulo: Ich denke, es ist schon wichtig, einen Kurs zu machen, weil Grammatik oder so, also das Verständnis für Artikel und Pluralformen, das lernt man nicht von den

Menschen auf der Straße, weil die normalerweise auch bemüht sind, Dich nicht immer wieder zu unterbrechen. Sie wollen Dir auch nicht das Gefühl geben, daß Du nichts kannst oder so, und deswegen sagen sie nichts. Wenn Du dann falsch redest, lernst Du nichts. In der Schule aber lernst Du natürlich – wenn Du willst – das Richtige. Dann aber mußt Du schon mehr auf der Straße sprechen oder die Menschen fragen und nachahmen. „Aha so sagt man das!" Und es ist auch lustig. In der Schule lernt man nicht, wie die Menschen auf der Straße reden. Das ist auch bei uns so. Wenn Ihr brasilianisch lernen würdet, ist das in der Schule so steif, die Sprache. Das ist normal, man muß ja das Gerüst lernen, das richtige. Dann kann man damit ein bißchen spielen. Es ist dann noch immer richtig, aber nicht so, wie in einem Buch. Das muß man am Anfang lernen, dann muß man raus und beginnt zu vergleichen und andere Möglichkeiten zu sehen, wie man sich ausdrücken kann. Man redet nicht mehr so formell.

Erich: Ich glaube auch, daß einem das Grammatisch-Synthetische nicht erspart bleibt, aber darüber hinaus ist auch eine der größten Motivationen die Motivation selbst. Etwas zu sagen, etwas zu machen. Natürlich haben es die, die imitieren, ich glaube, Du (*Paulo*) bist eher so ein Imitator, wesentlich leichter. Es nimmt einem aber nicht das regelgestaltete Sprechen weg. Ich hoffe, daß auch in Österreich bald die Wende kommt, daß ein Dialekt nicht als etwas Schlechtes angesehen wird. Es gibt gerade in Wien immer noch sehr sehr viele Leute, die versuchen, ihre Bildung und ihr kulturelles Bewußtsein zu ihrer zweiten Natur zu machen und sehr oft vergessen, daß es sehr viele Menschen gibt, die einfach nicht diese Möglichkeiten gehabt haben oder auch z.B. gerade am Land ganz andere Werte haben. Das sind keine Werte, die weniger wert sind, auch keine Kultur, die weniger wert ist und auch keine Kunst, die weniger wert ist, sondern es ist ein anderer Ausdruck, denke ich mir einmal. Es gibt sehr viele Leute, die am Land leben, die sehr viel mehr als wir können, also auch im manuellen Bereich. Ich weiß es selbst, denn meine Freundin ist aus Schweden, sie kommt vom Land, und als Stadtmensch fühlt man sich da draußen manchmal schon sehr verlassen. Die Importanz der einzelnen Geschehnisse wiegen dann anders. Als Stadtmensch fühlt man sich nicht überlegen. Das Wissen, mit dem man hinkommt, ist nicht so viel wert. Man jongliert nicht mit Wissen herum, es bringt auch nichts. Man versucht doch immer wieder, eine persönliche Akzeptanz herzustellen und aber, um was es mir gerade in dieser Diskussion geht, ist, daß man eben auch verschiedene Ebenen der Wertigkeit hat und sich auch dessen bewußt sein sollte, daß Bildung eben keine zweite Natur ist, auch wenn sie manche als zweite Natur ausgeben, sondern auch eine gewisse Übungsfrage ist. Und man sollte ein gewisses Bewußtsein entwickeln für Dinge, die um einem herum geschehen, die stark mit dem sozialen Verhältnissen zu tun haben, in denen gerade der Betreffende lebt.

Verena: Es würde mich noch etwas ganz anderes interessieren. Wie sehr nutzt Ihr das Internet?

Paulo: Ich habe gerade damit angefangen.

Roberson: Ich arbeite im EDV-Bereich. Ich verwende es sehr oft als Werkzeug.

Verena: Ich meine: Internet als Kontakt mit der Heimat.

Roberson: Ja, das ist sehr wichtig. Ich schaue schon sehr oft, was in meiner Heimat geschieht. Die Verbindung mit meiner Heimat ist sehr stark für mich. Ich versuche immer, up to date zu sein.

Verena: Kommunizierst Du auch mit Deiner Heimat?

Roberson: Ja, sehr viel. Als ich Brasilien vor sechs Jahren verlassen habe, hatte fast keiner einen Internetanschluß in der Heimat. Inzwischen ist es besser. Ich halte es für eine tolle Möglichkeit, statt via Brief über Internet zu kommunizieren. Das verwende ich sehr oft. Somit ist es ein Werkzeug für mich.

Erich kommt auf Fußball. Paulo meint, was Fußball betrifft, sei er kein typischer Brasilianer, weil Fußball nicht so wichtig für ihn ist. Dennoch konnte er einiges, was Fußball betrifft, erzählen. Es wird über österreichischen und brasilianischen Fußball und den Fußballplatz gesprochen. Fußball wird zur Philosophie und Wissenschaft erhoben.

Susanne: Wenn nun Brasilianer nach Europa kommen – ausgenommen Musiker *(schmunzelnd angemerkt)* – und nicht bereit sind, sich zu integrieren, gehen sie dann eher in den Fußballklub oder in die Sambaschule?

Roberson: In die Sambaschule.

Paulo: Ich glaube, die Musik verbindet mehr. Ich glaube, also ich habe das erlebt. Ich gehe nicht so oft. Ich habe erlebt, daß Brasilianer zu jeder Partie gehen, bei der es Samba gibt oder lateinamerikanische Musik. Es ist schon interessant. Es ist hier vielleicht wegen des Wetters auch. Es ist nicht möglich, immer draußen auf der Wiese zu spielen. ... Die Menschen glauben, weil wir Brasilianer sind, können wir sofort Fußball spielen und wir sind gut. Sie haben keine Ahnung, daß wir zwei keine guten Fußballspieler sind. ...

Erneutes Sprechen über Fußball.

Susanne *führt zum Thema zurück*:
In dieser Runde – so war es auch in der vorigen – sind, bis auf eine Ausnahme, alles Menschen, die sagen, sie suchen auch das Abenteuer. Ich bin bereit, daß wenn ich woanders hinkomme, etwas Neues kennenzulernen. Ich möchte, daß mich die Leute verstehen. Man schreibt sehr viel von der global community, global village und ich wollte Euch fragen, ob Ihr das auch so erlebt, daß das so ist. Seid Ihr eine Ausnahme und die anderen suchen immer die eigene Gruppe oder habt Ihr wirklich

das Gefühl, daß tatsächlich passiert, worüber geschrieben wird, daß Kulturen aufeinander zugehen, ganz allgemein?

Erich: Also, ich habe mir schon einen Reim darauf gebildet ... Ich glaube, daß dem nicht so ist, daß Kulturen momentan aufeinander zugehen und muß auch gleich anmerken, daß ich das sehr traurig finde, aber die Gründe, warum Leute ins Ausland gehen – also die großen Gründe – sind entweder pragmatische Gründe, d.h. die Leute suchen Arbeit hier oder, den zweiten Grund halte ich dann doch, wenn er nicht gut durchdacht ist, für etwas waghalsig und leichtfüßig, nämlich aufgrund der Faszination für ein Land dort hinzugehen, d.h. eine Idealisierung von einem Land, in sich selber zu generieren, in sich selbst aufzubauen, die das Land aber selbst nicht erfüllen kann, weil das Land auch immer nicht den Ferienort ... bedeutet. In dem Moment, in dem man in einem Land arbeiten gehen muß, ... und auch sprachliche Probleme hat, treten dann die großen Probleme auf, die auf uns alle zukommen, die auch mit dieser global community ideology einfach nicht irgendwie wegzupusten sind. Ich glaube, das einzige, was Chance hat, ist ein ganz altes Rezept, nämlich, daß man versucht, und das klingt schon so abgedroschen, daß ich es mir fast gar nicht mehr zu sagen getraue, nämlich, daß man Leute einfach zur Eigenständigkeit, Verantwortung und sozialem Mitgefühl erzieht. Erst wenn das funktioniert, dann hat man mehr Akzeptanz, das Fremde zu verstehen und auch darauf zuzugehen. Sich über eine Faszination einer anderen Kultur zu nähern, halte ich im Grunde für falsch und ich glaube auch, daß das nur in den wenigsten Fällen funktioniert.

...

Susanne: Glaubst Du, daß das immer funktioniert, daß man sich in der Fremde integriert? Ich habe irgendwie den

Eindruck, daß Menschen wie Ihr es seid, eine Ausnahme darstellen.

Erich: Also, wenn sie nicht in so Kreisen sind, nicht sozusagen, nicht Gleichgesinnte suchen, die die selbe Sprache sprechen und so, halte ich das eigentlich auch für eine Ausnahme. Bei meiner Freundin ist es so, daß die immer Schweden aufsucht, es gibt sehr viele Schweden in Wien, sie hat natürlich auch Freundinnen, die aus Österreich kommen. Selbst bei einem Land – und das finde ich das tolle bei Euch zwei – selbst bei einem Land wie Schweden, in dem alles teurer und sozialer ist als in Österreich, gibt es dennoch wahnsinnig viele Unterschiede, die man erst kennenlernt, wenn man jahrelang mit einem Menschen zusammen ist, merkt, wie anders der andere reagiert. Das muß man verstehen. Das ist natürlich faszinierend. Man hat die Chance, eine neue, noch eine neue Sprache zu lernen, auf der anderen Seite sind es aber eben kulturelle Unterschiede. Ich glaube, daß dieser cultural Schock – je weiter die Länder auseinander sind – desto größer ist der, weil ganz unterschiedliche Habitualisierungen auf einem zukommen, ganz unterschiedliche Verhalten, also wie ich mich bewege, kann in Eurer Sprache etwas ganz Furchtbares sein. Also auch das Lernen, nicht nur die Sprache, sondern auch die Lebensart lernen, ist schwierig.

Erich kam erneut auf das von Paulo bereits angesprochene Thema zurück, daß die Integration leichter ist, wenn man nicht zu viele eigenen Landsleute um sich hat, auch wenn es einem anfänglich schwerer erscheinen mag.

Paulo: *spricht hier Vorurteile gegenüber einem fremden Land an:*
Also, was ich jetzt sagen möchte, ist nicht so wirklich tief. Aber ich meine, ich habe hier einmal eine Frau getroffen, mit der ich ein paar Minuten gesprochen habe und die aus Grönland war. Ich habe mir nie wirklich gedacht, daß ich jemals einen Menschen aus Grönland kennenlerne. Sie hat aber ganz normal ausge-

schaut, dunkelhaarig sogar und sie hat fürs Fernsehen gearbeitet. Und ich habe gedacht, gibt es so etwas dort überhaupt. Ich war wirklich weg vom Fenster. Sie arbeitet in Grönland fürs Grönländische Fernsehen. Das ist doch ein Land, von dem man so wenig hört und ich weiß nicht, ich war wirklich ganz weg. Aber warum war ich das? Ich weiß es nicht.

Susanne: Nochmals zurück zum Internet. Auch wenn sich an der Substanz der Erde wenig ändert, so wird sie doch, durch diese ganzen Möglichkeiten, wie Internet, Fliegen etc. kleiner. Ihr bleibt trotzdem alle dabei, daß sie nicht aufeinander zugeht?

Erich: Ich glaube nicht, daß die Erde kleiner wird, nur die Kommunikation wird ausgedehnter. Das Internet bricht keine neue Bahnen für das Verständnis neuer Nationen auf. Man möge sich wirklich tunlichst davor hüten, daß, nur weil man einen Freund in Thailand hat, einen E-Mail-Freund oder so, daß man dadurch ein größeres Verständnis für das Land und seine Menschen hat. Es ist vielleicht eine erste Anregung, aber wirklich zu sagen, daß die global community hier einen so großen melting pot erzeugen kann, das geht einfach nicht.

Susanne: Aber das ist doch etwas, was die Mehrheit eigentlich fürchtet, den melting pot, daß alles überall gleich wird.

Erich: Nein, ich glaube nicht, daß das der Fall ist. Ich glaube, daß mit der zunehmenden Kapitalisierung der Welt sich sicherlich eine einheitlichere Kultur in verschiedenen Ländern entwickelt. Die USA ist das beste Beispiel dafür und die großen Fusionierungen, Ketten, bringen es auch mit sich, daß immer weniger Menschen, also immer weniger Kapitalträger sozusagen versuchen wollen, eine gewisse Vorberechnung zu steuern und eine gemeinsame Industrie aufzubauen. Ich glaube, das ist das größere Problem, oder Problem, es ist ein Faktum. Aber das würde jetzt zu weit führen. ... Ich kann jetzt nach Ungarn, nach Moskau, nach Sao Paulo gehen, der McDonald ist überall derselbe. Das ist aber auch etwas, worüber man sich ausdrücken kann. Da gehe ich rein und weiß genau, wo das Klo ist, wie es riecht und wie das Essen schmeckt ... Aber über das Internet halte ich es für unmöglich. Es ist ein tolles Medium und ich surfe selber gerne herum, sooft ich Zeit habe, aber das ist nicht zu erreichen.

Peter: Ich glaube auch, daß diese übergroßen Hoffnungen, die man jetzt in dieses mediale und Massenkommunikationszeitalter setzt, daß das trügerische Hoffnungen setzt. In Wirklichkeit ist die Vernetzung zwar da, deshalb gehen aber die Menschen nicht mehr aufeinander zu. Jeder hockt nur mehr vor seinem Bildschirm und kann zwar irgendwie in Interaktion treten mit Menschen vom anderen Ende der Welt, aber irgendwie ist es ja doch eine virtuelle Welt. Die zwischenmenschlichen Kontakte gehen dadurch immer mehr verloren. Es ist also ein falscher Ansatz hier aufgrund dieser medialen Möglichkeiten da jetzt große Hoffnungen zu wecken, auf ein näheres Zusammenrücken der Welt.

Erich: Ich glaube auch, daß ich mich nicht in der Welt bewege, sondern mir Teile aus der Welt hineinhole. Ich sitze ja nur daheim und drücke ein paar Tasten. Es ist zwar etwas ganz Tolles, aber nicht auf diesem Sektor ... Ich glaube nach wie vor, daß der Mensch von seinem ganzen ontologischen Habitus her, auch andere Menschen riechen und sehen muß und angreifen muß. Das geht noch nicht über Internet.

Peter: Das alles hat eigentlich mehr alle Anzeichen einer Spielerei, aber eigentlich hat das nichts Zwischenmenschliches. ...

Paulo erzählt über seine Internet-Erfahrungen. Er meint, daß das Chaten im Internet nicht mit einem Gespräch von Mensch zu Mensch vergleichbar ist.

Peter: Ich möchte noch einmal auf die Sprache zurückkommen: Seht Ihr das eigentlich so, daß die Aneignung der fremden Sprache der Grundstock für einen zweiten oder neuen Heimatbegriff für Euch war? Definiert sich der neue Heimatbegriff über die Sprache? Das Erlernen der deutschen Sprache und das Gefühl, mit allen Menschen kommunizieren zu können, war das der Grundstock für ein Heimatgefühl in Österreich?

Roberson: Ich glaube schon, daß die Sprache sehr wichtig ist und einem ein Gefühl von Integration gibt, weil Verstanden-Werden und auch die Leute zu verstehen, ist sehr wichtig. ... Ich stehe gerade vor einer wichtigen Entscheidung, nämlich zurückzukehren oder noch länger hier zu bleiben. Es gibt verschiedene Faktoren, die ich berücksichtigen muß. Wien bietet sehr viel an, bezüglich Kultur, Sicherheit und vieles mehr. Auf der anderen Seite gibt es aber auch einen anderen Punkt, der sehr wichtig für mich ist, nämlich die emotionale Seite. Das Leben hat einen Impuls. Hier ist er anders. Er ist nicht schlechter oder besser, einfach anders, würde ich behaupten, und ich fühle, daß mir Österreich sehr am Herz liegt. Ich empfinde es schon als eine zweite Heimat. ...

Paulo: Es ist auch so, daß, wenn wir nach Brasilien gehen, wir dort auch anfangen, zeigen zu wollen, daß wir hier leben, was die Sprache betrifft. Es ist fast wie angeben, nicht, um die anderen niederzumachen, sondern –

Peter: Provoziert das Eure Landsleute dort?

Paulo: Nein, sie mögen das. Sie finden das toll, daß wir diese Möglichkeit haben.

Roberson: Ich glaube, sie fühlen sich provoziert. Manche meinen, es gefällt mir dort nicht. Aber, ich versuche das Gute, das ich hier gelernt habe, dorthin zu bringen und umgekehrt. ...

Erich: Das gefällt mir sehr gut, denn ich glaube, das ist die Schlüsselstelle, an der man sagt, wir müßten noch einmal zum Diskutieren anfangen, nämlich das, was es wirklich ausmacht, ist der Vergleich. Das ist überhaupt noch nicht gefallen und ich finde es super, daß das spät aber doch noch gekommen ist. Daß man wirklich die Möglichkeit hat, Vergleiche zu ziehen. ... Nur durch den Vergleich lebt das.

Paulo: Bei meinen Eltern ist es schon so, daß ich das merke. Die Leute, die mehr Geld haben, können besser wohnen, sie haben ein besseres Haus und so weiter, aber – sagen wir so – die Masse lebt eher ganz normal, sagen wir, durchschnittlich. Sie haben nicht das Gefühl, aus einem einfachen Haus zu sein, aber trotzdem wäre es noch schöner zu machen, vielleicht mit Blumen oder einem Bild an der Wand oder so. Das war bei meinen Eltern genauso. Sie haben es nicht gekannt und auch nicht gewußt, daß man vielleicht ein besseres Licht machen oder einen Garten hinter dem Haus anlegen kann. Wir haben den Grund, der bei uns aber wirklich nicht geschätzt wird. Er kostet nicht so viel wie hier, und jedes Haus hat einen Grund dahinter. Jetzt habe ich angefangen, immer wieder, wenn ich hinkam, etwas zu sagen. Ich spreche über Farbe und sage, das könnte so sein oder so. Ich merke, daß sie das immer wieder annehmen, mehr und mehr, weil ich ihnen sage „Wißt Ihr, was das für ein Schatz ist. Die Menschen in Europa leben in Wohnungen, die klein sind. Sie würden froh sein, wenn sie nur ein bißchen Erde hätten, wo sie Blumen pflanzen könnten. Ihr habt das hier und macht nichts daraus. Macht doch einen schönen Garten hier." Jetzt hat meine Mutter angefangen, die Sachen dort zu ordnen, die Bäume, die Pflanzen und daß man dort wieder gehen und vielleicht liegen kann. Das ist neu. Das habe ich hier auch gelernt, daß man z.B. die Sonne genießt. Dort ist das selbstverständlich. Die Menschen nützen das hier viel mehr aus. Sie gehen in einen Park und legen sich auf die Wiese, lesen ein Buch dort oder so. Das wird bei uns noch nicht geschätzt in diesem

Ausmaß. Ich versuche es ihnen dort auch sanft beizubringen.

Peter: Und das ist vor allem für Dich etwas Positives, wenn Du siehst, daß sie Deine Vorschläge annehmen.

Paulo: Ja.

Peter: Können Eure Eltern akzeptieren, daß Ihr sagt, wir haben uns so an die europäische Lebensart gewöhnt, wir fühlen uns dorthin gehörig oder haben sie noch mehr diesen Grundinstinkt zu sagen, Ihr gehört zu uns, bleibt da, Ihr seid Brasilianer?

Paulo: Das ist von Familie zu Familie verschieden. Es gibt Familien, die enger sind, sie halten mehr zueinander. Ich bin in einer Familie, wir waren schon immer etwas unabhängiger, also, wir Kinder. Wir sind schon früh von zu Hause weggegangen, in andere Gegenden, und wir haben schon woanders gearbeitet, also mit 15 oder so. Andererseits gibt es Familien, die mehr zusammenhalten, z.B. wie seine *(Robersons)*. Sie leiden mehr, daß sie auseinandergegangen sind. Wir mögen uns alle, es ist alles ganz prima, aber wir haben nicht die Abhängigkeit, daß alle Kinder zusammen sein müssen. Das ist bei meinen Eltern so, wobei meine Mutter schon traurig ist, aber sie würde niemals sagen, ich müßte bei ihnen wohnen. Sie würde sich auf jeden Fall darüber freuen, wenn ich dort wohnen würde, aber sie hat sich damit abgefunden, daß jeder sein Leben leben muß. Aber ich glaube, in Deiner Familie *(an Roberson gewandt)* ist das Gefühl ein wenig stärker.

Roberson: Bei uns ist das extrem. Wir sind vier Geschwister. Mein Bruder ist in Bern, mein anderer Bruder ist in Stuttgart, meine Schwester ist in Freiburg. Wir sind alle vier in Europa, schon lange, seit etwa zehn Jahren. Das ist schwer. Wir haben alle vor, zurückzugehen. Bezüglich des Ortswechsels. Ich kann ein Instrument sein. Ich denke, was kann ich an Gutem nach Brasilien bringen, was kann ich an Gutem dalassen.

Paulo: Genauso versuchen wir es. Es ist keine Botschafter- oder religiöse Tätigkeit, etwas hierher zu bringen. Man bleibt, wie man vorher war. Man versucht zu filtern, was gut ist und irgendwie – manchmal fühle ich mich erfüllt. Niemand hat mich darum gebeten. Irgendwie versuche ich, wenn ich kann, in manchen Situationen die Dinge hier lockerer zu machen. Vielleicht fühlen sich die Menschen dann besser hier oder vielleicht entspannter. Dann mache ich das schon wissend, daß das von dort, von der anderen Denkart kommt.

Roberson: Hier in Österreich ist alles gut organisiert, es gibt für alles Haken *(im eigentlichen Sinn des Wortes gemeint, also Haken, um etwas daran aufzuhängen)* und es gefällt mir schon sehr gut hier. Bei uns geht es nicht so perfekt.

Paulo: Jedes Ding hat zwei Seiten. Hier ist die Organisation sehr wichtig, weil die Sachen funktionieren, andererseits sind die Menschen dadurch kontrolliert. Sie kontrollieren sich selber und wenn sie sich dann ausdrükken, ist es zu heftig, weil sie nicht gewohnt sind, ganz locker zu sein. Bei uns ist es das andere Extrem. Alles ist extrem locker und wenn Du etwas brauchst, funktioniert überhaupt nichts.

Gelächter. Das Gespräch wird mit einem herzlichen Dankeschön an die Teilnehmer des Gesprächskreises beendet.

2. Sagya, am 15. September 1999

Im Cafè Sagya in Wien ist es Susanne Marcini und Verena Krawarik gelungen, ein Gespräch mit Hakim Ali Seif Eldin zu führen.

Hakim beginnt das Gespräch mit einem Witz:

Hakim: Ich habe einen Witz. Eine Österreicherin hat eine Gruppe nach Argentinien gebracht. Sie waren eine Woche dort und es hat ihnen gefallen, die Sonne und so. Dann haben die Österreicher gesagt, alles war gut, nur es waren zu viele Ausländer hier.

Gelächter. Verena erklärt kurz den Inhalt und das Ziel des Projektes „Zwischen den HeimatEn". Susanne zählt auf Fragen Hakims auf, wer das Projekt fördert. ...

Verena: Vielleicht könnten Sie uns sagen, was für Sie Heimat ist und ob Sie das Wort „Heimat" in Ihre Muttersprache übersetzen können.

Hakim: Heimat. Im Arabischen gibt es viele Worte für Heimat.

Hakim zählt einige Worte auf.

Verena: Was bedeuten diese Worte?

Hakim: Sie heißen alle Heimat.

Verena: Was bedeuten sie, haben sie etwas mit Familie zu tun oder mit Haus?

Hakim: Bei uns hat Heimat immer mit Familie zu tun. Alle von mir aufgezählten Wörter bedeuten „Heimat".

Verena: Was bedeutet es für Sie?

Hakim: Für mich bedeutet Heimat auch Familie, Freunde, ja, sich nicht fremd fühlen, die Leute akzeptieren und akzeptiert werden, einfach so, Heimat. Meine Schwester war vor zwei, drei Tagen da. Mein Bruder war das letzte Jahr mit seiner Familie da. Das ist Heimat. Sie kommen her und wir müssen zurück. Ich war aber sieben Jahre lang nicht in meiner Heimat, deswegen kommen sie her.

Verena: Wie lange sind Sie schon vom Sudan weg? Sie haben uns ja vor dem Interview erzählt, daß Sie auch in Moskau gelebt haben.

Hakim: Ich war für sechs Jahren in Rußland, dann ging ich in den Sudan zurück, wo ich für fünf Jahre Lehrer war und auch mein Bruder Ibrahim war dort. ... Ich habe eine Frau kennengelernt und geheiratet und Kinder. Meine Frau kommt aus Sri Lanka. Wir haben zwei Kinder. Mein Sohn ist sechs und meine Tochter, Sarah, ist jetzt vier Jahre alt.

Verena: Wie erziehen Sie ihre Kinder? Sri Lanka, Sudan, jetzt Österreich.

Hakim: Meine Kinder wachsen in drei verschiedenen Kulturen auf. Ich habe viele Leute und Länder gesehen. Das ist kein Problem für mich. Meine Frau ist Buddhistin, ich bin Muslim. Zwei, drei Länder, zwei, drei Religionen. Für mich ist das so einfach, da gibt es keine Probleme.

Verena: Sind Sie von der Religion her beide streng gläubig oder eher lockerer?

Hakim: Eher locker. Die Kinder bekommen etwas vom Buddhismus und vom Islam mit und bilden etwas Neues.

Verena: Für Sie war ausschlaggebend gerade nach Wien zu kommen, weil Ihr Bruder da war, oder?

Hakim: Genau so ist es.

Verena: Weswegen sind Sie aus dem Sudan weggegangen?

Hakim: ... Ich war dort allein. Ich ging weg. Jetzt vielleicht sehe ich den Sudan anders. Als ich dort war, erschien mir das Leben, die Politik im Sudan nicht so problematisch. Jetzt ist das anders. ...

Verena: Kommen Sie aus einem Dorf oder einer Stadt?

Hakim: Ich komme aus einer Stadt. Es gibt drei Städte im Sudan. ...

Verena: Wie sind Sie mit der Sprache zurecht gekommen, als Sie hierher kamen? War es leicht, Deutsch zu lernen?

Hakim: Nein, nicht leicht. Aber ich kann Russisch, Englisch, aber Deutsch ist eine schwierige Sprache. Russisch ist leicht, das konnte ich schnell lernen. Das ist eine nicht so komplizierte Sprache. Mit Deutsch ist das schwieriger. Man braucht Zeit, um Deutsch zu lernen. Man muß hier leben. In Rußland kann man innerhalb eines Jahres eine Sprache lernen.

Hakim meint, man müsse einen Kurs besuchen, um Deutsch lernen zu können und auch viel mit Menschen sprechen.

Verena: Wollen Sie in Österreich bleiben? Können Sie sich vorstellen, für immer hier zu bleiben?

Hakim: Nein.

Verena: Glauben Sie, daß Sie wieder in den Sudan zurückgehen könnten, daß Sie sich dort wohl fühlen würden oder irgendwo anders hin?

Hakim: Das ist eine schwierige Frage. Das kann man nicht einfach beantworten. Ich kenne viele Leute aus anderen Ländern. Einige fuhren zurück nach Hause. Das war aber schwierig für sie, denn sie waren Zurückkommende.

Susanne: Glauben Sie, daß, wenn Sie in den Sudan zurückkehren würden, Sie dort ein Ausländer wären?

Hakim: Ich?

Susanne: Ja, weil Sie eben viel anderes gesehen haben und auch anders geworden sind.

Hakim: Ja, das ist das Problem. Ich glaube, wenn jemand in einem anderen Land für lange Zeit lebt, hat er einen Virus. Immer weiter, anderes ja, zurück, ja, kann er, aber nicht immer. Ich glaube, das ist ein Virus, der einem immer weitertreibt.

Susanne: Haben Sie schon eine Idee, wohin Sie der Virus hintreibt?

Hakim: Wir haben jetzt drei Länder: Sudan, Sri Lanka und Österreich. Hier bleiben wir eine Weile, je nachdem, wo es besser geht.

Susanne: Wie glauben Sie, würden Ihre Kinder reagieren, wenn sie von Österreich weg müssen?

Hakim: Das ist ein anderer Punkt. Mit uns ist das so. Die Kinder sind schon lange Zeit hier, weil sie dableiben wollen. Das ist für sie Heimat. Das ist das Problem. Es hat viel mit Kindheit auch zu tun, wo Heimat ist.

Verena: Ist für Sie oder Ihren Bruder, der schon seit 20 Jahren hier ist, Österreich zu einer Heimat geworden?

Hakim: Zum Teil, glaube ich, für ihn ja. Er denkt auch, wieder wegzugehen. Aber wann, wie, wo? Für mich ist Österreich keine Heimat, aber ich habe Kinder.

Susanne: Welche Sprachen sprechen Ihre Kinder?

Hakim: Arabisch, ein bißchen. Wir sprechen zu Hause Englisch und Deutsch.

...

Verena: Wir befinden und hier im Sagya. Ist das ein Stück Heimat?

Hakim: Natürlich. Ich lebe hier mehr als zu Hause. Meine Frau sagt das immer.

Verena: Ist das irgendwie der Versuch, den Sudan hierher zu holen?

Hakim: Ja.

Verena: Wenn ich mich mit Afrikanern unterhalte, ist es oft so, daß sie mir auf die Frage, woher kommst Du, sagen: Aus Afrika. Ich sage: Afrika ist groß. Sind Sie Afrikaner, Sudanese oder aus Hatun?

Hakim: Das alles.

Verena: Aber – in welcher Reihenfolge? Schon zuerst die Stadt, dann das Land und schließlich ...

Hakim: Ich verstehe nicht. Alles auf einmal. Es gibt keine Wertigkeiten. Alles ist gleich wichtig. Wir sind auch ein Teil unserer Kultur, damit Araber, als Sprache, Religion, das ist auch wichtig.

Verena: Ihre Frau und Sie unterhalten sich auf Deutsch, auf Englisch.

Hakim: Auf Englisch.

Verena: Und Sie fühlen auch auf Englisch?

Hakim: Ja, ich war ein Lehrer, ich habe studiert, wenn ich Englisch spreche, spreche ich nur Englisch, keine Mischung oder so. Wenn ich Arabisch spreche, spreche ich nur Arabisch, und wenn ich Deutsch spreche, dann ist es Deutsch.

Verena: Es ist nicht so, daß einem manchmal Wörter in einer anderen Sprache einfallen?

Hakim: Nein.

...

Verena: Der Kontakt zu Österreichern wird über das Lokal aufgebaut?

Hakim: Ja, denn ich bin den ganzen Tag da. Ansonsten habe ich keine Zeit. Dann gehe ich schnell nach Hause, schlafen und dann komme ich wieder. Meine Kinder und meine Frau kommen hierher, um mich zu besuchen.

Verena: Die Leute, die im Sagya arbeiten, sind von überall her. Gibt es da auch Unterschiede oder ist es eine große Familie?

Hakim: Nein. Hier ist Österreich. Manchmal gibt es aber schon große Probleme, aber man kann darüber reden.

Susanne: Es hat aber jeder ein bißchen etwas aus seinem Herkunftsland mitgebracht.

Hakim: Ja. ...

Verena: In den Gesprächen, die wir vorher zu unserem Projekt geführt haben, haben viele gesagt, daß man sich Heimat auch erarbeiten kann. Man muß in diesem Land auch arbeiten, sich einbringen, man muß sagen, das ist mein Beitrag zu diesem Land.

Hakim: Ja, das ist so. Das muß so sein. In Österreich ist es aber schwieriger. In Holland, England ist es leichter. Österreich und Österreicher haben strengere Gesetze, Österreicher sind mißtrauisch, haben immer Angst, natürlich nicht alle.

Verena: In Moskau ist es auch leichter?

Hakim: Ja, in Moskau ist es leichter, mit Menschen zu sprechen, in Lokalen, an der Uni. Du sitzt irgendwo und es entsteht ein Gespräch ... Die Österreicher haben immer Angst ... (*Band kaum verständlich*)

Verena: Wenn Sie in den Sudan fahren, was ist das erste, was Sie dort machen?

Hakim: Ich glaube, als erstes würde ich mit meiner Familie ein großes Fest machen. Zusammensitzen, fragen, ...

Verena: Wie viele Geschwister sind im Sudan?

Hakim: 16. Mein Vater hat zwei Frauen. Wir sind 7 und von der anderen Frau sind es 9. Jetzt haben die Kinder Kinder, und die Kinder haben Kinder, und manche kommen hier her. ...

Susanne und Verena bedanken sich bei Hakim für das Gespräch.

3. Verein Z&SAM: 16. September 1999

Eine genaue Transkription und Differenzierung nach Personen ist aufgrund der schlechten Tonbandqualität nicht möglich. Es bleibt allein der Verweis auf die Beiträge von Susanne Marcini und Verena Krawarik, in denen unter anderem der Gesprächskreis im Verein Z'SAM im wesentlichen zusammengefaßt wurde. Einige Kernaussagen (aus dem Gehörten) waren:

Als ich nach Wien kam, kannte ich niemanden.

Wir sind alle nicht in Österreich geboren.

Das größte Problem war die Sprache. Es hat ein halbes Jahr gedauert, bis ich mich halbwegs verständigen konnte.

Ich wollte nicht nach Wien kommen. Ich habe hier keine Arbeit, nichts. Meine Großeltern haben mich nach Wien geholt.

Manchmal fühle ich mich hier zu Hause.
Auf die Frage, ob man zwei Heimaten haben kann und wie man sich damit fühlt, kommen verschiedene Antworten:

Ich bin hier zu Hause. Ich fühle mich hier wohl, trotzdem ist es nicht meine Heimat. Meine Heimat ist Serbien.

A: Ich habe ein paar Schlechtpunkte gesammelt, es wird daher schwer sein, die Staatsbürgerschaft zu bekommen... Hier ist es schön, aber trotzdem will ich weg, etwa nach Deutschland.

B: Wenn Du nach Deutschland gehst, hast Du keine Freunde.

C: Die finde ich schnell. ...

Ich möchte wieder in meine Heimat zurückgehen. Ich würde nur wegen meiner Freunde nicht zurückgehen.

Muß man sich selbst einbringen, in dem Land, in dem man leben möchte ...?

Es heißt doch „Ausländer raus!" *Wie soll man sich da einbringen?*

In der Schule gab es starke Gruppenbildungen. Eine Gruppe war Türken, eine Kroaten etc. Aber es war nicht so wichtig. Es kommt auch stark darauf an, in welche Schule in welchem Bezirk man geht.

Ein Handy läutet. Das ist etwas, was man scheinbar in jeder Kultur kennt.

Man spricht über Krieg, das Leben und die Neider im Ursprungsland, die multikulturelle Seite Wiens, die Bezeichnung für Österreicher in der ersten Heimat, Stadt-Land-Gefälle, das Bleiben in Österreich, ...

II. Schriftliche Beiträge

Einige der schriftlich eingelangten Beiträge werden hier zur Gänze abgedruckt. Wir ersuchen all jene um Verständnis, deren Beitrag nicht abgedruckt werden konnte. Für die Entscheidung, ob ein Beitrag in die Publikation aufgenommen wurde oder nicht, wurden keine qualitativen Kriterien herangezogen. Vielmehr galt es auch hier, die Vielfalt der Annäherungsweise an den Heimatbegriff aufzuzeigen.

1. Andrea Höller, HeimatEn

Was ist/sind HeimatEn für mich?
Was verstehe ich darunter?
Was empfinde ich darunter?
Was bedeutet dieses Wort für mich?

Ich besitze eine Heimat, habe jedoch gleich mehrere davon.
HeimatEn ist/sind für mich etwas, was man im eigenen Herzen spürt.
Nur, weil man zufällig in Österreich geboren ist, muss Österreich eben nicht die Heimat sein. Lange glaubte ich, nur eine Heimat zu haben. Und das stellte mich nicht zufrieden. Ich fühlte jedoch nichts, was ich unter dem Wort „Heimat" definieren konnte.
Heimat - Österreich - das war für mich nur ein Wort für das Land, in dem ich geboren bin. War. Ich habe längst herausgefunden, was das Wort „HeimatEn" für mich bedeutet. Einfach das, was man in seinem Herzen spürt, denn das Herz kann nicht lügen. Und ich weiß, wovon ich spreche.
Noch vor dem Volksschulalter lernte ich die Welt außerhalb meines Geburtslandes kennen und frei von allen Vorurteilen lernte ich die fremden Sitten und Bräuche kennen. Ich wusste, dass es nicht nur mein Land gab. Und dass es nicht nur meine Sprache gab. In der gleißenden Sonne der Emirate, umgeben von Moscheen

und verschleierten Frauen, wusste ich, dass auch andere Menschen so etwas wie HeimatEn empfinden. Meine Eltern bekamen nach fast drei Monaten in den Emiraten Heimweh nach dem vertrauten Hochquellwasser, nach den vertrauten Speisen und nach dem vertrauten Klima. Ich kannte das Wort „Heimweh" noch gar nicht. Ich war in einem fremden Land und habe es so aufgenommen, als würde ich schon immer dort leben. Die Hitze und die Schwüle habe ich gar nicht bemerkt. Die arabische Welt war das Erste, was ich kennen lernte.
Heute sage ich, dass ein Teil meines Herzens in den Emiraten zurückgeblieben ist.

Jeden Sommer nahmen mich meine Eltern in die entferntesten Länder mit und so kenne ich das Wort „Flugangst" auch nicht. Wer damit aufwächst, fühlt sich auf jedem Flughafen der Welt vertraut.
Von der griechischen Küste, über die glänzenden Hochhauser Hong Kongs bis hin zur roten Wüste Australiens verliefen meine Reisen. Dann durch das Niltal von Ägypten, quer durch Florida und nach Malaysien.
Mein Leben scheint wie aus einem Bilderbuch zu sein. Ich habe zumindest alles kennen gelernt, was man wirklich kennen lernen sollte. Land und Leute, Sitten und Bräuche sind für mich keine Hürde, denn ich habe gelernt, damit zu leben. Um das zu können, muss man offen sein für das Fremde. Aber den Begriff „Heimat" kannte ich erst in einem Land, das gar nicht so weit entfernt ist: Schottland. Dort hat mein Herz sofort „Ja" gesagt und ich fühlte mich, als wäre ich ein Bestandteil dieses Landes. Spürt man es, dann will man immer wieder zurückkehren. Um Kraft und Muße zu tanken. Um die Schönheit des Landes zu erfassen.
Und man ist so unglücklich, wenn man nach Hause kehren muss.
HeimatEn habe ich viele. Sie sind dort, wo ich mich wohl fühle und wo ich weiß, das ich dorthin gehöre. Es ist so etwas wie eine Seelenverwandtschaft.
HeimatEn ist/sind etwas, was mit dem eigenen Herzen übereinstimmt. Wenn man es sucht, wird man es eines Tages finden. Meistens liegt nicht immer alles vor der Haustür, wie man zu sagen pflegt.
Wer sucht, der findet - klingt besser.

2. Eldar Kouliev, Familie, Freunde, Meer, Schule

Ich wohne seit mehr als 1 Jahr und 8 Monaten[162].
Zuerst dachte ich nur ständig an Aserbaidschan. Aber nach einiger Zeit habe ich mir daran gewöhnt hier zu leben. Wien ist ein sehr schönes Stadt. Ich bin mit einigen Leuten befreundet. Manchmal habe ich ein paar Gedanken darüber, ob es nicht besser wäre hier in Österreich zu bleiben. Aber zum Beispiel Politik, Wirtschaft und andere Bereiche des Lebens in Wien interessieren mich kaum im Gegenteil zum Aserbaidschan. Besonders gefällt mir, daß ich hier in Österreich in der Schule freien Zugang zum Internet habe, was in Aserbeidschan kaum möglich wird.

3. Elvada Koulieva[163], Baku und Österreich

Heimat: Baku, 1 Jahr 8 Monate. Ich habe hier wie im Baku sehr viele Freunde. Ich gehe immer spazieren und im spazieren esse eis wie im Baku bei spazieren.

Baku	Österreich
+ im Baku habe ich mehr freunde als hier	- im Österreich habe ich nur Nela, Sae, und von Russisch Schule Alenna, Madlena
+ im Baku kann ich allein in die Schule gehen	- im Österreich nicht
- im Baku nicht	+ in Österreich kann man am nacht spazieren immer
- im Baku gibt es viel Verbrecher	+ im Wien nicht

im Baku und im Österreich ist sehr schön. im Baku und in Österreich kann man gut schimpfen. Aber ich bin glücklich das ich im Baku und im Österreich wohnen kann.

162 Eldar Kouliev besucht die 6. Klasse AHS.

163 Elvada ist zwölf Jahre alt und wohnt nun in Österreich. Ihre Mutter lebt in Baku.

4. Martina Hamilton, Zwischen den Heimaten ?

Seit meiner frühesten Jugend, die ich größtenteils mit dem Lesen von unzähligen Büchern verbrachte (bevorzugt Romane, deren Handlung sich in England, Irland oder Neuseeland abspielte), war ich davon überzeugt, daß ich Österreich, ohne mit der Wimper zu zucken, den Rücken kehren könnte. Natürlich hatte ich keine konkreten Hoffnungen, den Gedanken in England (was damals mein absolutes Traumland war) zu leben, jemals verwirklichen zu können. Aber - wie das Leben so spielt - zu einem Zeitpunkt meines Lebens, als mir auf der Suche nach ein wenig Veränderung nichts anderes einfiel, als meine Englisch-Kenntnisse aufzufrischen bzw. zu verbessern, lernte ich in Wien den Engländer Guy, meinen späteren Mann, kennen. Ich war nicht überrascht, in ihm alle Eigenschaften, die ich mir bei Briten vorgestellt hatte, zu finden. Kurz gesagt: wir verliebten uns ineinander. Er mußte aus beruflichen Gründen wieder nach England zurück, und wir beschlossen, für mindestens zwei Jahre zusammen in England zu wohnen. Er reiste ein paar Monate vor mir nach Großbritannien, um im County Wiltshire (ca. zwei Autostunden westlich von London), wo er einen neuen Job angenommen hatte, eine Wohnung oder ein Haus für uns zu mieten. Die möblierte Wohnung, die er für uns gefunden hatte, lag in einem Haus, das auf typisch englische Weise so schmal gebaut war, daß sich auf jedem Stock nur eine Wohnung befand. Sie war entzückend; sie war in zwei Etagen aufgeteilt, das geräumige Wohnzimmer mit offenem Kamin sowie Vorraum und Küche in der unteren, drei Schlafzimmer und das Badezimmer in der oberen. Sie hatte nur einen Nachteil: Guy mußte ungefähr eine Stunde mit dem Auto nach Swindon zur Arbeit fahren. Wir wohnten ungefähr zwei Wochen in besagter Wohnung, die sich vorteilhafterweise im eleganten Zentrum, unweit der "Promenade" mit den wundervollen, aber leider teuren Geschäften befand. Diesen Zeitraum verbrachte ich damit, mich zu akklimatisieren, Briefe an meine Familie zu schreiben, zu lesen, einzukaufen und natürlich die nähere Umgebung zu erkunden. Leider bemerkte ich erst gegen Ende dieser vierzehn Tage, daß nicht alle Geschäfte in England so teuer sind und es noch andere Gegenden mit Billig-Läden gibt.

Briefe an meine Familie und Freunde zu schreiben, gab mir ein irgendwie komisches Gefühl: einerseits war ich wirklich noch nicht lange fort von ihnen, andererseits hatte ich kaum jemanden - eigentlich niemanden (Guy ausgenommen, aber der fuhr morgens mit dem Auto weg und kam - wie es in England üblich ist - erst sehr spät wieder zurück), mit dem ich mich ein bißchen unterhalten hätte können. Außer den üblichen Gesprächen beim Fleischhauer zum Beispiel (woher kommen Sie - aus Österreich, aus Wien - ah, Germany! nein, nicht Deutschland, Österreich!), war es viel schwerer, als ich es mir vorgestellt hatte, mit Leuten in ein etwas tieferes oder längeres Gespräch zu kommen als nur zu klären, daß zwischen Österreich und Deutschland ein Unterschied besteht.

Die Tatsache, daß ich aus Österreich (also aus Deutschland in den Augen der Briten) stamme, rief zwei verschiedene Verhaltensweisen hervor: 1. Diejenigen, die irgendwie mit Österreich oder Deutschland schon zu tun hatten, sei es beruflich oder im Urlaub (wobei man sagen muß, daß die Engländer größtenteils kein Interesse haben, von ihrer Insel runterzukommen), zeigten echtes Interesse, wollten mehr über Wien hören, 2. die anderen, die keinerlei Bezug zu Österreich oder Deutschland hatten, assoziierten die Erwähnung meines Herkunftslandes sofort mit dem 2. Weltkrieg.

In meiner Naivität hatte ich unterbewußt eigentlich erwartet, daß eine Österreicherin in einer kleinen Stadt in England genauso viel Begeisterung hervorrufen würde wie ein/e Engländer/in in Österreich. Ich habe Briten oft gefragt, wie mein Akzent auf sie wirke und ihnen erzählt, daß Englischsprachige, wenn sie Deutsch (wie gut auch immer) sprechen, absolut süß und herzig klingen, was ich auf die "Weichheit" der Sprache zurückführe. Aber Englisch ist wahrscheinlich die weichste und melodischste Sprache überhaupt, jedenfalls konnte diese Frage nie geklärt werden, für sie klingen wahrscheinlich alle Akzente gleich "herzig" oder "nicht-herzig".

Nach zwei Wochen begann ich in Swindon, wo Guy damals arbeitete, eine andere Wohnung oder ein Haus und einen Job zu suchen. Diese Betätigung brachte mich das erste Mal in näheren Kontakt mit der Geschäftswelt. Ich klapperte unzählige Immobilien-Makler und Job-Agencies ab und, was das Anmieten einer

Wohnung oder eines Hauses betrifft, ist das in England einerseits viel leichter und andererseits viel schwerer als in Österreich. Einerseits ist das Angebot von möblierten oder unmöblierten Behausungen jeder Preisklasse sehr groß, andererseits muß man genaue Auskunft über seine privaten, finanziellen und beruflichen Lebensumstände geben (wie viele Personen werden in dem Haushalt leben, Beruf/Einkommen, Familienstand, etc.), was ich in Österreich nie, nicht einmal annähernd, erlebt habe (und ich war oft auf Wohnungssuche). Na ja, eine Wohnung wurde jedenfalls gefunden, die notwendigen zusätzlichen Anschaffungen getätigt, und dann begann die intensive Arbeitssuche. Inserate, Job-Centres (beinahe hätte ich eine Stelle in einer Unterabteilung eines Arbeitsamtes bekommen. aber da ich die britische Staatsbürgerschaft nicht besitze, war dies nicht möglich = Bürokratie wie in Österreich). Jedenfalls kann ich sagen, daß die Geschäftswelt in England auch in kleineren Städten auch von der Atmosphäre her viel härter ist als in Wien. Uniformen (für was auch immer) sind an der Tagesordnung und bei der Vorstellung, für ein Immobilienbüro zu arbeiten und tagtäglich ein giftgrünes Kostüm (Hallifax) tragen zu müssen, sehnte ich mich doch intensiver nach Wien zurück. Abgesehen von den kleinen "Ungewohntheiten" des Alltages (z.B. zwei Wasserhähne, je einer für Kalt- und einer für Warmwasser, sich bei den Bus-Haltestellen unbedingt in einer ordentlichen Reihe anstellen zu müssen, der ständig starke Wind vom Atlantik (hätte früher oder später meine langen Haare abschneiden lassen müssen, was ich eigentlich überhaupt nicht wollte), die speziellen Verhaltensregeln in Pubs, Restaurants, Supermärkten,....., die Gefahr, beim Überqueren einer Straße ums Leben zu kommen (Rechtsverkehr, schaute automatisch immer in die falsche Richtung, ob sich ein Auto nähert) habe ich doch festgestellt, daß ich nach und nach das Gefühl verlor, überall als Ausländerin ins Auge zu springen. Bei meiner Ankunft in England bin ich wahrscheinlich mit durch liebevolles Interesse weit aufgerissenen Augen durch die Straßen gelaufen, um die Unterschiede zwischen Engländern und Österreichern und die Andersartigkeit der Verhaltensmuster festzustellen, aber desto sicherer ich mir war, "alles ganz normal" zu machen, desto mehr hat sich das gelegt. Wenn ich im Supermarkt einkaufen war und mich niemand - sei es die Bedienung in der Wurst-Abteilung oder an der Kasse (wenn ich nicht zu lange sprechen muß, habe ich angeblich einen leicht irischen Akzent, was in

Großbritannien ja oft zu hören ist; und Iren gelten in Großbritannien ja nicht direkt als Ausländer) als Nicht-Britin identifizieren konnte, hatte ich immer ein Gefühl, jemandem "ein Schnippchen" geschlagen zu haben.

Ich glaube durch meine prinzipielle Liebe zu England (die Landschaften sind einfach himmlisch und das Klima gefällt mir auch besser als in Österreich) und mein Bemühen, mich an die unterschiedlichen Verhaltensregeln und Gegebenheiten anzupassen, wäre ich auch für immer in Großbritannien gut zurechtgekommen und hätte mich dort zu Hause gefühlt. Meiner ursprünglichen Heimat Österreich wäre ich nur durch meine Familie verbunden gewesen, also wäre meine Heimat Österreich meine Familie gewesen. Bei Besuchen zu Weihnachten hätte ich die sentimentale Vertrautheit im Familienkreis genossen, aber ich weiß, daß ich niemals Sehnsucht nach österreichischen Landschaften oder Städten gehabt hätte (33 Jahre in Österreich sind genug, um alles kennenzulernen).

Trotzdem kam alles anders, als ich dachte, und nach nur wenigen Monaten Aufenthalt in Großbritannien mußte ich nach Österreich zurückkehren. Der Mensch ist ein Gewohnheitstier und bei der Rückkehr nach Österreich nach nur ein paar Monaten Aufenthalt in England waren mir diverse Verhaltensregeln etc. so in Fleisch und Blut übergegangen, daß ich oft im Reflex das Falsche tat oder sagte und dadurch - und weil ich mit Guy ja Englisch sprach - für eine Ausländerin gehalten wurde. Das war ein komisches Gefühl, im Geburtsland für eine Nicht-Österreicherin angesehen zu werden, ich mußte anfangs innerlich lachen, manchmal klärte ich den Umstand auf, meistens aber nicht (zu mühsam und sowieso egal).

Eine Tatsache steht für mich jedenfalls fest: wenn man sich ehrlich bemüht, sich den örtlichen Gewohnheiten anzupassen und sich die Logik, warum das so gehandhabt wird, überlegt, dann wird man auch besser aufgenommen und größtenteils integriert. Wenn man als Großstädter in ein kleines Dorf übersiedelt, muß man auch umdenken, falls man Wert darauf legt positiv aufgenommen zu werden.

5. Anna Astafiena, Heimat

zu Hause, Mutter Land, Freunde, Familie, ca. 3 Jahre[164], kann man zwei Heimaten haben. Man kann dort und dort Freunde haben, es ist interessant andere Leute kennenlernen (Eigenschaften). In Rußland: es gibt mehr Freunde, wohin man spazieren gehen kann.

6. Anna Ivanova[165], Heimat

Heimat = Freunde, Meer, alte Schule, Großeltern, Kindergarten. Ich war schon seit 8 Monaten nicht mehr da. Für mich ist Österreich das dritte Land, wo ich lebe. Ich bin aus Russland, aber habe in Bulgarien gelebt. In einiger Zeit werde ich mich an Österreich gewöhnen.

	Bulgarien	Österreich
Freunde	+ viele, weil ich lange dort war	
Schule	schwerer, aber lustiger	nicht so lustig, aber leicht
Sicherheit	-	+ in Österreich fühlt man sich sicherer, ich meine, ich kann nachts alleine nach Hause gehen. von 20 Uhr in Bulgarien ist das fast unmöglich

[164] Anna ist seit circa drei Jahren in Österreich. Sie besucht die 4. Klasse AHS.

[165] Anna Ivanova besucht die 4. Klasse AHS.

7. Mischa Okun[166], Mein Heimat ist Russland

Mein Heimat ist Russland. Dort ist mein Zuhause. Ich lebe schon 9 - 10 Jahre in Russland. Österreich- niemals!!! Ich habe sowieso schon zwei Heimaten. Georgien, Russland. In Georgien bin ich geboren. ich denke immer an Georgien.
In Russland leben alle meine Freunde, meine Verwandte. Oma, Opa, dort ist mein Privatwohnung ... Meine Schule. Hier habe ich nichts, außer Spielzeuge. Ich vergesse Russisch. Manchmal vergesse ich manche Wörter, die ich sagen möchte, die kenne ich nur in Deutsch!!!

8. Nela Corbic[167], Kann Österreich eine zweite Heimat sein?

Heimat: Belgrad. Seit 2 Jahren (1 und halb) [*bin ich in Österreich*].

Kann Österreich zweite Heimat sein: Nein. Weil man liebt nur dieses Land in dem man geboren ist und es erinnert mich überhaupt nichts an mein Land.

Österreich	Jugoslawien
+ Ich find hier nur gut, dass man immer genug zum Essen hat und was man will.	- Ich mag nicht nur dort hat man nicht so viel Geld man hat nicht alles zum Essen wie hier und dort kann man nur manchmal Susigkeiten kaufen man hat nicht immer für das Geld
- Und hier sagen das wir verlibt sind einfach wenn jemand	+ Ich habe dort viele Freunde und Freundinen. Und dort

166 Mischa ist Jude und stammt aus Georgien. Er geht in die erste Klasse AHS.

167 Nela ist 12 Jahre alt und seit eineinhalb Jahren in Österreich. Sie mußte erfahren, wie es ist, wenn das Essen knapp wird. Der Krieg läßt Kinder schnell erwachsen werden: „Dort sind alle fast wie erwachsene“

besten Freund hat er ist verliebt	wenn man mit Freunde spielt sagen nicht alle das wir verliebt sind oder so etwas
- Hier sind alle kindisch	+ Dort sind alle fast wie erwachsene
- Hier sind fast alle geizig	+ In Jugoslawien sind nicht Leute geizig
- Traurig	+ Es war cool in die Schule
- Hier manche schon	+ Sie schimpfen nicht die Ausländer

Es gibt noch viele Unterschiede, aber ich kann mich nicht erinnern.

III. Schreibwerkstatt

In der Schreibwerkstatt anläßlich des Aktionstages trafen sich Christian Tillinger, Michael Reisner, Michael Winkler, Michael Peyerl, Maria und Irene Krawarik, Tamara Loitfellner und ein Teilnehmer, der hier lediglich mit NN bezeichnet wird, um Antworten auf einige Fragen zu geben:

1. Gibt es für Sie nur eine Heimat oder mehrere Heimaten?

Meine engere Heimat ist da, wo meine Eltern her sind, ich aufgewachsen bin. Meine weitere Heimat ist überall, wo ich längere Zeit war, gelebt habe, in guten wie in schlechten Zeiten. Also habe ich beides...eine Heimat und mehrere Heimaten. (Michael Reisner)

Es gibt für mich mehrere Heimaten – Orte, in denen ich länger lebte und mich mit den Lebensgewohnheiten vertraut machen konnte. (Maria Krawarik)

Ja. (Michael Winkler)

Es kann sehr wohl mehrere Heimaten geben. Besonders mit steigender Entfernung und Dauer der Entfernung zur „alten“ Heimat, baut sich langsam aber sicher eine „neue“ Heimat zusätzlich auf. Das bedeutet damit aber, daß sich zumindest für eine Übergangszeit zwei Heimaten „die Hand geben“. Bei mir persönlich wäre dies (vorausgesetzt meine „alte“ Heimat würde sich nicht radikal zum Schlechten hin ändern) ein Dauerzustand. Dies birgt den großen Vorteil, daß man sich aus beiden Heimaten jeweils die „besten Rosinen“ herauspicken könnte. (Michael Peyerl)

Ich kenne nur eine Heimat. (Christian Tillinger)

Eigentlich mehrere, denn obwohl ich in Wien geboren bin, fühle ich mich in den Bergen von OÖ oder überhaupt im Gebirge, bei Seen und in der Natur viel wohler als in der Stadt. Schottland ist auch meine Heimat, denn dort fühle ich mich freier, gelöster und viel friedfertiger als in meiner Geburtsstadt. Heimat ist dort, wo ich mich wohl fühle, dort wo ich mich zu Hause fühle! (Ingrid Krawarik)

Man kann die Heimat verlieren und es ist nicht sicher, ob man eine neue wiederfinden kann. (NN)

Zunächst ist Heimat für mich immer dort, wo jene Menschen sind, bei denen ich mich geborgen und sicher fühle. Heimat ist also nichts als ein Gefühl des Friedens. Aber Heimat ist auch dort, wo ich aufgewachsen bin, in den Bergen, im Salzburger Land. Obwohl ich schon lange in Wien lebe, fühle ich immer noch dort draußen meine Heimat. (Tamara Loitfellner)

2. Was bedeutet Heimat für Sie? Ist es ein Ort, ein Gefühl, ein Mensch, den Sie lieben, ein spezielles Gericht oder Getränk, besondere Kleidung, ein Brauch...?

Für mich ist Heimat eine Kindheitserfahrung: das erstmalige Wahrnehmen, einer sozialen und lokalen Umwelt. (Christian Tillinger)

Heimat bedeutet für mich Vertrautheit mit Dingen, der Umgebung, den Gegebenheiten, den Menschen – Ein Ort, an dem man sich wohlfühlt. Menschen, die einem Verständnis und Interesse entgegenbringen, vermitteln ein „heimatliches Gefühl". Wer hat gesagt?: Heimat ist dort, wo man sich verstanden fühlt" (Maria Krawarik)

Heimat ist ein Ort, ein Land, ein Zugehörigkeitsgefühl. Heimat ist ein Hemmschuh für Reisen. Ich kann mich woanders nicht ganz öffnen, weil ich wieder zurück muß. Heimat ist Tradition, mehr Essen als Menschen, mehr Gerüche und Kleidung als Sitte und Anstand. (Michael Reisner)

Heimat ist die „Urwurzel" meines Lebens und besteht aus: Ort+Familie
Ort: je nach Lebenssituation kann dies ein Stadtbezirk, Stadt/Dorf oder eine Nation sein
Familie: bis zur Gründung meiner eigenen Familie (d.h. Ehepartner und Kinder) nur die „genetische" (d.h. Mutter, Vater und die meisten meiner Verwandten), dann beide. (Michael Peyerl)

Heimat ist der Kristallisationspunkt meines Seins in Freiheit. (NN)

Wo ich daheim bin. Österreich, Wien, Kässpätzle, grün, meine Wohnung, New York, Freunde, ein Essen, U4 (Michael Winkler)

Ein ganz besonderes Gefühl der Sicherheit, Liebe, Freiheit, Freunde... (Ingrid Krawarik)

3. Seit wann gibt es Heimat: in der Geschichte, für Sie persönlich

Heimat hat immer Bezug zum Menschen + zum Leben und wird in seiner Bedeutung erst durch den einzelnen Menschen definiert. (NN)

Geschichte: Immer schon. Auch wahrscheinlich schon vor der Zeit als die Menschen seßhaft wurden. DA war Heimat gleichgesetzt mit Sicherheit, Geborgenheit.

Wie ich schon geschrieben habe, denke ich, daß Heimat ein Gefühl ist, das Menschen meint und weniger bestimmte Gegenden der Erde.
(Tamara Loitfellner)

Geschichte: Heimat wurde und wird immer mißbraucht für Macht, Politik, Interessen. Heimat gibt/gab es immer.
Persönlich: Heimat prägt liefert die Wurzeln.
(Michael Reisner)

Geschichte: seit der Sippenbildung
Persönlich: seit ich bewußt erkannte, daß ich ein „Ich“ habe (ca. 4. Lebensjahr?) (Michael Peyerl)

Geschichte: Heimat gab es schon immer, damit meine ich Orte, wo sich Menschen etwas aufgebaut haben, Orte wo sie ihr Leben verbringen möchten.
Persönlich: Seit ungefähr 8 Jahren. Da war ich das erste Mal in Schottland. Trotzdem ist z. B. Mainz auch eine Art zweite Heimat geworden, weil ich dort Menschen kenne, die ich sehr gern habe und bei denen ich mich wohl fühle. (Ingrid Krawarik)

Seit der Kindheit. (Christian Tillinger)

4. Können Sie ohne Ihre Heimat leben?

Eine gewisse Zeit sicher, aber irgendwann braucht man Heimat, um wieder einen Lebensanker/ Lebensmittelpunkt zu haben. (Michael Peyerl)

Wenn man oft auf der Suche nach ihr ist, kann man nicht ohne sie leben. (Michael Reisner)

Was ist hier mit Heimat gemeint? Wenn es der Geburtsort ist, dann sage ich ja; wenn es ein Ort ist wo ich für immer sein möchte, weil ich mich dort wohl fühle, aber ich gezwungen bin zu gehen, dann wahrscheinlich nicht. (Ingrid Krawarik)

Sicher. (Michael Winkler)

Ja! Die Entfernung von der Heimat ist Teil meines Lebenskonzeptes. (Christian Tillinger)

Ja. (Maria Krawarik)

nein, den sowohl die geistige als auch geographische ist in den Köpfen der Menschen. Distanz eliminiert die Heimat nicht aus dem Kopf. (NN)

Nein! Nach jeder Reise bin ich froh wieder in die eigenen vier Wände zurückzukehren zu können. Zu Gewohntem und zur Bequemlichkeit. Ich denke, ich würde nicht sehr geeignet für ein Leben als „Gast" in einem Land, dessen Muttersprache nicht die meine ist, wo ich mir mein gesamtes soziales Umfeld ganz von vorne aufbauen müßte. Und: schon gar nicht würde ich existieren können in einem Land, in dem man wahrscheinlich täglich zu spüren bekommt, daß man nicht dazugehört, daß man unerwünscht ist!!
Ich glaube, Österreich ist so ein Land, in dem ich als „Gastarbeiter" etc. nicht leben könnte. (Tamara Loitfellner)

5. Eigene Gedanken zum Thema „Heimat"

Der Begriff Heimat ist von Menschen abhängig. So gesehen ist Heimat ein Schaffensakt. Wer keine hat, sehnt sich danach, wer eine hat, ist auch nicht immer glücklich. Heimat ist eine Begriffsschublade für soziales, politisches Zusammenleben wichtig. Heimat ist Erinnerung. (Michael Reisner)

Ich trete für ein politisches Bewußtsein ein, das den Heimatbegriff ausspart.
Ich verteidige, daß eine Politik, die private Freiräume schafft, wo Menschen ihren jeweiligen Heimatbegriff verwirklichen können. (Christian Tillinger)

Eine Teilnehmerin der Schreibwerkstatt, Marzanna Danek-Hnelozub, eine gebürtige Polin, brachte ihre fertigen Werke zum Aktionstag mit. Sie erzählte uns in einem langen Gespräch, daß sie ihren Gedanken in Gedichten freien Lauf lasse. Sie schreibe diese Gedichte – und hier ist eine wunderschöne Form der Vereinigung von zwei Heimaten zu sehen – in polnischer Sprache, denn das sei nun einmal ihre Muttersprache, der Inhalt ihrer Gedichte sei aber österreichisch, denn Österreich sei ihre zweite Heimat. Sie schreibe über österreichische Probleme, österreichische Zeitungsmeldungen, österreichische Popsänger (etwa Falko[168]) und auch über Denkmäler die in Wien stehen[169] oder Künstler[170], die in Wien gewirkt haben.

Sie wies auf die Einzigartigkeit des Wiener Goethedenkmals hin und übersetze uns eines ihrer Goethe[171]-Gedichte: Goethe ruht sich aus: In diesem Gedicht schreibt die Dichterin darüber, daß Goethe im angesprochenen Wiener Denkmal bequem in einem Fauteuil sitzt und sich von seinem Leben ausruht. Er hat seine Augen halb geschlossen und sein Gesichtsausdruck vermittelt einen langweiligen Eindruck. Seine Lippen jedoch sind gierig nach dem Leben. In seinem Gedanken blättert er seine Texte durch und ist sich bewußt, daß Gott ihn als Genie geschaffen hat. Von seinem Sessel aus stellt er mit halb geschlossenen Augen immer fest, wie schön Wien ist, jene Stadt, in der sein ungewöhnliches Denkmal steht, das so wunderschön hierher

---

168 diess.: Wieden, 14.02.1998 r. = Dzien pogrzebu FALKO (Hans Hölzel).

169 Danek-Hnelozub, Marzanna: PRZYJACIELE. Cykl: Akwarele wiedenskie (polskim piorem malowane).

170 diess.: W CHOPINA SWIECIE ...

171 diess.: Goethe odpoczywajacy.

paßt. Das Denkmal – so Marzanna Danek-Hnelozub – ist in diese Stadt hineingewachsen. Wenn viele Leute um Goethes Denkmal stehen, möchte die Dichterin ihnen sagen, daß sie weiter weggehen sollen. Man soll dem Meister nicht die Sonne und die Luft zum Atmen wegnehmen. Er selbst sagt die Worte, die er auch auf seinem Sterbebett angeblich als letzte Worte gesprochen hat: „Bitte mehr Licht!“

EINE ABSAGE VON JOSEF HASLINGER

In unserem Bemühen, die Beiträge dieser Publikation möglichst weit zu fächern, haben wir uns auch an einige Literaten gewandt. Neben dem Wiener Mundartdichter Franz Rauch und der Vorarlberger Märchendichterin Vera Kiss, war auch Josef Haslinger unter den angesprochenen Schriftstellern. Josef Haslinger begann sein Antwortschreiben mit einer Anekdote über Heimat:

> Als ich ein Kind war, erscholl jeden Morgen mein Ruf nach der Heimat. "*Mama, wo ist mei Heimat*". Sie antwortete nicht: "*in Mitteleuropa*", oder: "*An der böhmischen Grenze*", sondern: "*Im Wäschkosten; host koane Augen im Kopf.*" Da nahm ich mein "Heimat" aus dem Kleiderschrank, zog es an, packte das Schmalzbrot ein und machte mich auf den Weg zur Schule.
> Das war meine intensivste Begegnung mit Heimat......

Nach dieser Einleitung entschuldigte er sich, daß er aufgrund der Arbeit an seinem neuen Roman nicht am Projekt „Zwischen den HeimatEn“ teilnehmen könne. Trotzdem freuten wir uns über sein Antwortschreiben, das wohl als „originellster“ Projektbeitrag in die Geschichte des Projektes „Zwischen den HeimatEn“ eingehen wird.

NACHWORT

> „Ich glaube, man kann mehrere Heimaten haben... Es macht offener, toleranter, reicher, aber es hat auch einen Nachteil, man wird innerlich zerrissener."
>
> Maria Krawarik

Unsere Erfahrungen mit MigrantInnen jedes Alters und jeder Nationalität haben gezeigt, daß sie, den Zustand, verschiedene Heimaten in sich zu vereinen, positiv bewerten. Grenzen und Vorurteile müssen abgebaut werden, um sich neuen Erfahrungen öffnen zu können. In einer Zeit, in der sich durch die europäische Union die Möglichkeiten und manchmal auch die Notwendigkeiten ergeben, in ein anderes Land zu gehen, wird es für jeden einzelnen von uns wichtig, flexibel genug für Veränderungen zu sein. Daß ein Ortswechsel nicht mit Kultur- und Identitätsverlust verbunden sein muß, haben uns die Gespräche mit MigrantInnen deutlich gezeigt. Ist man bereit, sich anderen Kulturen zu öffnen, so kann dies eine Bereicherung sein. Was für viele noch Zukunftsvision ist, hat Hakim Ali Seif Eldin längst zu seiner Gegenwart gemacht:

> „Sudan, Sri Lanka, Österreich...drei verschieden Kulturen. Für mich ist das nicht so kompliziert. Ich habe viele Länder gesehen, viele Leute. Das ist für mich kein Problem. Meine Frau ist Buddhistin, ich bin Muslim. Zwei, drei Länder, zwei, drei Religionen...Aber für mich ist das so einfach."

Was ist geblieben?

Es waren berührende Momente, spannende Augenblicke, überraschende Eindrücke und viele schöne Erfahrungen, die wir von diesem Projekt für immer in uns tragen werden. Der Gesang von Paulo Bitencourt, die Malereien Lydias und Julias, die Hoffnung ihrer Mutter, Marzanna Danek-Hnelozub, der Enthusiasmus Maria Krawariks und vieler anderer sind nur ein Teil dessen, was uns, die wir dieses Projekt geboren haben, und denen, die uns geholfen haben, es zu verwirklichen, in Erinnerung bleiben werden.

Wir alle haben es geschafft, ein gemeinsames Stück Heimat zu erleben.

Was geschieht nach Abschluß des Projektes?

Wir machen weiter. Aufgrund so vieler positiver Stimmen zu diesem Projekt möchten wir es - trotz einigen Kämpfen gegen Windmühlen - nicht einfach zu Ende gehen, sondern es in irgendeiner Form weiterleben lassen. Zur Zeit schwebt uns die Konzeption von Gesprächskreisen vor, vielleicht entsteht auch eine eigene Schreibwerkstatt oder Kunstecke. Daneben wird es natürlich auch Projekte mit ähnlichen, aber auch ganz verschiedenen Inhalten geben.

Aber - all das steht noch in den Sternen und die sind bekanntlich – auch wenn Franz Rauch in seinem Gedicht „Heimat“ anderer Meinung ist - in jeder Heimat dieser Erde letztendlich doch die gleichen!

KURZBIOGRAPHIEN

Mag. Verena Krawarik, geboren 1975 in Wien, Studium der Völkerkunde und Geschichte an der Universität Wien. Konzeption des Heimatmuseums in Eichgraben:

Heimat
ist dort, wo ich eine Zukunft sehe.

Sabine Loitfellner, geboren 1974 in Salzburg, lebt seit 1994 in Wien. Seit 1994 Studium der Geschichte und Politikwissenschaft, derzeit Arbeit an der abschließenden Diplomarbeit. Daneben Mitarbeit in Projekten zum Themenbereich Vergangenheitspolitik in Österreich für das Yad Vashem Archiv in Israel, im Dokumentationsarchiv des österreichischen Widerstandes und beim Forschungsprojekt „Konfrontation mit einem Tabu. Diskursive Konstruktion der subjektiven Erinnerung an den Vernichtungskrieg der Wehrmacht“ (geleitet von Prof. Ruth Wodak und Dr. Walter Manoschek):

Meine Heimat:

„Heimat hat für mich sehr viel mit Menschen, die mir wichtig sind, zu tun. Daher ist sie auch nicht an einen bestimmten Ort gebunden. Die momentane politische Situation in diesem Lande macht mir aber bewußt, daß Heimathaben für mich auch heißt, meine Existenz und Rechte als Individuum in jeglicher Hinsicht gesichert zu wissen. In einem Österreich mit einer antihumanistischen, populistisch-rechtsextremen Regierung möchte ich nicht mehr beheimatet sein.“

Mag. Susanne Marcini, geboren 1975 in Wien, Studium der Geschichte und Anglistik (Lehramt) an der Universität Wien, derzeit Probejahr als Lehrerin für Geschichte und Englisch:

Meine Heimat
ist dort, wo ich mich frei entfalten kann.

Mag. Elke Peyerl, geboren 1968 in Hainburg, lebte viele Jahre in Wien, um 1999 in die Heimat zurückzukehren. Abgeschlossenes Studium der Deutschen Philologie und Geschichte an der Universität Wien. Derzeit Studium der Ur- und Frühgeschichte, Romanistik und Arbeit an der Dissertation aus Deutscher Philologie (Sprachwissenschaft). Abgeschlossene Konzeption des Heimatmuseums Schönbach:

Zwischen den Heimaten ...

stehe ich immer dann, wenn ich zwischen meinem Arbeitszimmer in Hainburg und der Universitätsbibliothek Wien hin- und herpendle. Heimat ist für mich mit Orten verbunden, an denen sich Bücher befinden, die etwas für mich bedeuten. Eine Definition der Heimat über den Menschen würde bei meiner Familie und meinen engsten Freunden haltmachen.

Eva Zeindl, geboren 1971 in Eggenburg, Studium der Geschichte (Fächerkombination mit Judaistik, Zeitgeschichte, Hebräisch und Politikwissenschaften) an der Universität Wien. Derzeit Arbeit an der abschließenden Diplomarbeit und im Jüdischen Museum Eisenstadt. Abgeschlossene Konzeption des Heimatmuseums Schönbach:

Heimaten
machen mir Bauchweh ...

IMPRESSUM

Medieninhaber
KuBiKo, Verein für Kultur, Bildung und Kommunikation
A-1100 Wien, Munthegasse 2
Tel.: 0676/5737943
e-mail: kubiko@mfe.at

Repro
Ho & Wo Reproduktionsgesellschaft m.b.H.
A-1130 Wien, Montevideogasse 20

Druck
A. Holzhausen Ges.m.b.H.
A-1070 Wien, Kandlgasse 19-21

Einband
Multikulturelle Collage,
gestaltet am Aktionstag
„Zwischen den HeimatEn"
unter der Leitung von
Elisabeth Fritsche